小学館文庫

緑の花と赤い芝生

伊藤朱里

小学館

*

子供のころ、一番好きな授業は家庭科だった。

そんなこと、いまのわたしを知る人であればだれも信じないだろう。

ただ、とくに興味を持ったのが食に関する項目だと言えば少しは納得してもらえるはずだ。どういう食べ物にどんな栄養素が含まれているか、その役割、効率的な摂取方法。暗記するほど読み込んだ教科書の中でも、「血や肉をつくります」「からだの調子をととのえます」「エネルギーをつくります」といったざっくりした説明ごとに、食べ物をイラストでグループ分けしたカラフルなチャートのことはとりわけよく覚えている。この世に存在するすべての食べ物がその小さな円のどこかには収まるのだと思うと、それだけで自分まで、世界の内側に入れてもらえた気分だった。

いま考えれば、あれは人生で最初に知った「学問の喜び」だったのかもしれない。

ただ否応《いやおう》なく受け取るばかりだった世界に、きちんと足がかりとなる理屈やシステムがあるという事実の発見。たったいま目が開いたような衝撃と、同じくらい大きな安心感。人によってはそれが「一たす一が二になる」という数式の美しさに気がつく瞬間だったり、百年前に外国で書かれた架空の物語に心揺さぶられる体験だったりするのだろう。いずれにせよその感覚はそれこそ人の血肉となり、いったんそうなったが最後、二度となかったことにはできない。

発酵させたパン生地のように期待をふくらませて臨んだ小学校の調理実習は、残念ながら、とうていそれに応える代物ではなかった。

まずメニューがホットケーキ、しかもガスコンロではなくホットプレートを使用させられたことが、いかにも子供だましという感じで不満だった。ただ、それだけならまだ我慢できる、実際子供だったのだから。人の体に吸収され、栄養となるものをこれから作るのだとは思えない同級生たちの舐《な》めた態度にわたしは愕然《がくぜん》としてしまった。はじめからまともに参加する気もない男子連中はおろか、同志だと信じていた女子たちでさえ、足並みを揃《そろ》えたがるばかりでいっこうに話が進まない。役割を分担したほうが効率的に決まっているのに、手洗おっか、そうだね、卵割ろっか、そうだね、混ぜよっか、そうだね、だ。チーム内でモチベーションに差があるのは当然、それをどう調整するか考えるのも作業の一環である、なんて発想にもちろん小学生で行き着くわけもなく、わたしは食を冒瀆《ぼうとく》する彼ら彼女らの挙動に悔し涙さえ浮かべながら、やるせなさをただ泡立て器にぶつけた。

以来、高まりすぎた料理熱を発散する場所は自宅の台所へと移された。

家での「調理実習」には足を引っ張られないこと以外にもうひとつ利点があって、それは三つ上の兄という、格好の実験台がいたことだった。彼はおとなしい性格で、犬の餌みたいに味がない生焼けのクッキーを食べさせようが、下処理していないほうれん草をそのまま入れて灰汁《あく》の充満した味噌汁《みそしる》を飲ませようが、直接文句を言われたことはない（どちらもとっくに記憶が消えてからやっと蒸し返された）。ただ、そのたびに無言で口を押さえ、時としてうつむき加減にトイレに向かう息子を母はさすがに見かねたらしい。ある日とうとうわたしは台所に呼び出され、人目をはばかるようにキッチンカウンターの陰に立たされた。父や兄に内緒で娘にだけ話をするときの、それが彼女の癖だった。

「あのね、しーちゃん。料理はもちろん栄養も大事だけど、なにより食べてくれる相手のことをきちんと考えて、愛情をこめて作らないといけないのよ」

正確ではないものの、あの人のことだからおおよそこんな趣旨だったのだろう。そして当時のわたしはおそらく、あいじょう、という聞き慣れない単語を律儀に復唱したのだろう。我が意を得たりと言わんばかりの母の微笑《ほほえ》み、おとぎ話の語り口で返されたこの台詞《せりふ》だけは、いまだにはっきりと覚えている。

「それがあればどんなものでもおいしくなる、魔法の調味料」

お嬢さん育ちの母はむやみに大声を出して子供を叱るタイプではなく、そのときも育児書のお手本どおりといった様子でこちらの目線まで腰を屈《かが》め、穏やかな口調を保っていた。にもかかわらず、その笑顔や「魔法」という言葉からは、煮物に入れたしいたけの匂いみたいに隠しようもなく妙な自信がにじみ出ていた。その圧の強さにわたしは思わず半歩引き、そしてたぶん、生まれてはじめて母を恐れた。

それからというもの、台所に立つときには母の付き添いが必要になった。自然とこれまでのような実験的な料理はできなくなり、わたしはもっぱら手伝いの立場に落ち着いた。ただ、最初こそ落胆したものの、得るものがまるでないわけではなかった。どんなレシピも一発逆転でおいしくする魔法の調味料を注入する様子こそなかったけれど、プロの専業主婦である母の隣にいることで、いろいろ実践的なノウハウを学ぶことができた。ごはんは炊飯器がピーピー鳴ったらすぐ食べていいわけではない（釜の中で十字に切ってひっくり返してしばらく蒸らす）とか、肉をやわらかくするためには包丁の背で叩《たた》いて繊維を切るといいとか、生野菜のサラダは時間を置くと水っぽくなるから食べる直前に作るべきだとか。その技術や知識は正体不明な「愛情」よりよほど確かなよりどころで、おかげで翌年の母の日にはひとりで洋食のフルコースを振る舞えるほどわたしの腕前も上がっていた。花束に見立てて巻いた生ハムを飾ったサラダ、ビーフシチュー、苺《いちご》ソースをかけた牛乳プリン。メニューまで覚えているのは自分の記憶というよりも、何年にもわたってことあるごとに母から同じ話を繰り返された結果だ。

「しーちゃんも、ずいぶん女の子らしくなったわねえ」

兄の買ってきたカーネーションを胸に抱きながら、母はこみ上げる涙を抑えられなかったらしい。幼いわたしは健気《けなげ》にも「また作ってあげるね」と答えたそうだけど、たぶん、評価されたのが料理自体じゃなかったことには釈然としなかったはずだ。まあ喜ばれたからいいや、と思ってその違和感を受け流し、感極まる母を精いっぱい喜ばせようとしたのだろう。我ながらいじらしい。

ただ、また作ってあげる、という約束はそれっきり実現しなかった。

きっかけは翌年のバレンタインだった。公然とお菓子を手作りできるイベントとあって大いにはりきったわたしは、ひとりで台所を使い（実績が功を奏したのか、そのときには母からの信頼も回復していた)、オリジナルの野菜ケーキを作って手当たり次第に配り歩いた。栄養面だけではなく味や見た目にも気を遣った甲斐《かい》があったのか、それはおおむね好評で、何人かの男子が「チョコとか甘ったるいだけだし毎年こういうのがいい」と教室で声高にのたまうほどだった。そして翌日から、わたしはしばらくクラスの女子全員に無視されるようになった。ケーキを食べて歓声を上げてくれたはずの友達が「今村志穂子《いまむらしほこ》は男好きなので仲間外れにせよ」という手紙をひそかに回覧していることを知り、実際に現物をゴミ箱から発見したときの衝撃はさすがに忘れがたい。

どうもわたしのケーキを褒めた男子のひとりが、クラスのリーダー格だった女子の意中の相手だったらしい。ただ、それが発覚したのは卒業後で、当時はいきなり直面した悪意に立ちすくむばかりだった。傷つき困惑したわたしは、帰るやいなや母に泣きついた。いじめを親に打ち明けることへの抵抗より、同性でなければきっと理由がわからない、という直感が勝ったのだ。その判断自体は、たぶん間違っていなかった。いつものように台所にいた母は、ふだんは気が強い娘が半泣きでしがみついてきたことに驚いた様子だった。自分まで半泣きになりながら「どうしたの?」と屈んで頭を撫《な》でてくれるその光景は、傍《はた》から見れば聖母子像さながらだったろう。ただ、事情を説明するうちに母の手からはじょじょに力が抜け、ついにはそっと離れていきさえした。

「あのね、しーちゃん」

てっきり抱きしめてもらえると思っていたわたしが顔を上げると、母はそれまで見たこともなかった難しい表情をしていた。テレビドラマに出てくる裁判官のような厳粛さは、この件について彼女が娘の全面的な味方ではないと、言外に匂わせていた。

「そういうものはね、好きな人にだけ作ってあげればいいのよ」

愛情は魔法の調味料、と真顔で説いたときと、偶然にも同じ態度だった。

その日の夕飯のメニューはミートソースかラタトゥイユか、とにかくトマト系の煮込み料理だったんだろう。母の手には赤っぽいソースのついた木べらが握られたままになっていた。赤信号みたいに鮮やかなそれを仰ぎ見ながら、なんだ、とその瞬間に冷めた。

どれだけ技術を磨いても理論を学んでも、料理ってそういう意味で「好き」な相手にしか作っちゃいけないのか。好きな子としか手をつないじゃいけない（らしい）のと同じように？　なんてつまらない。だいたい、わたしはだれかが「好き」だからそうしていたわけじゃない。極端な話、相手はだれでもよかったのだ。

そんな人間に料理をする資格はないというのなら、もういい。こっちから願い下げだ。

もちろん、さすがに当時の意地をいままで引きずっているわけじゃない。あれから十五年以上も経《た》っているのだから。ただ事実として、そのころから、わたしは料理をすることやそれを人に振る舞うことに対してあまり関心を持てなくなった。

いまでは好きな人のためどころか、自炊さえめったにしない。

コンビニで手に取った食品をいちいちじっと見つめる癖は、たぶん店側からすれば心証がよくないだろう。そんなに気にするなら自分で作れ、と思われるかもしれない。うるさくこだわりたくはないのでたいていの添加物は受け入れることにしているが、興味分野について真面目《まじめ》に勉強すると、知らなくてよかったことまで知ってしまう。学生時代に講義である映像——昆虫をビーカー一杯の水に入れて色素を抽出する過程を見て以来、コチニールを使ったものだけはどうにも食べる気がしない。

鮭《さけ》おにぎりとカップスープをカゴに入れて、ドリンクの棚の前に移動した。

定番の野菜ジュースと高級志向のスムージーの境目あたりに、見覚えのある商品が並んでいる。向かって左側に赤、右側に緑のパッケージ。発売からちょっと経ったわりにはいい位置だ。さっと周囲を見渡し、いちおう知り合いがいないことを確認してから、なにげない顔で手を伸ばした。

赤と緑をひとつずつ、カゴに放り込む。

社割で安く買えるから、わざわざコンビニで定価購入する必要はまったくない。それでも外でこの商品を見かけると、まるで祈るように一本ずつペアで買う癖がどうしても抜けない。おかげで部屋の冷蔵庫にはいつのまにか大量のストックができた。これも親心ってやつかな、と安易に考えてからひとりで失笑する。最後に実家に帰ったのがいつだったか、もうまともに覚えてすらいない。

会計を済ませてコンビニを出るやいなや、強めの風が吹きつけてきた。

昼休みに食堂のテレビで見た天気予報でも、これから冬に向かって気温は下り坂一直線だと言っていた気がする。鼻の奥につめたさを感じ、あやうく鼻水が出そうになるのを音を立ててすすり上げた。母が見たら眉をひそめるだろうと思ってふと足を止め、それからもう一回、今度はもっと長く音を立ててそうした。

なんとなくきまり悪くなって、社宅までの道を急ぐ。

あわただしさにかまけて衣替えをする余裕もなかったけど、そろそろコートやマフラーを用意したほうがよさそうだ。どうせ朝はぎりぎりまで寝てしまうだろうから、今夜のうちに出しておこう。ついでにそろそろ洗濯もしないとバスタオルの替えがなくなりそうだし、すぐ捨てられるように空き缶やペットボトルもまとめて玄関に置いておきたい。でも、どれだけ事前に計画を立てても、いつも部屋に入ったとたん脱力してだらだらしたあげく寝落ちしてしまうのはなんでだろう。理由を解明できれば絶対ビジネスに活《い》かせると思うのだけど——

「……ん？」

ようやく帰り着いて明かりをつけたとき、なぜか、寒気にも似た違和感があった。

＊

子供のころ、一番嫌いな授業は家庭科だった。

そんなこと、いまのわたしを知る人であればだれも信じないだろう。

うぬぼれではない、と思う。二か月前に結婚した夫は家事に協力こそしてくれるものの「俺が手伝うとむしろ邪魔しそう」とわたしを信じきっているし、いつだったか理恵《りえ》にその話をしたときの第一声は「杏梨《あんり》が？　嘘《うそ》でしょ」だった。

「先生が怖くって。独身の、四十過ぎぐらいの女の人」

「あー、わかる。どの学校にもひとりはいるよねー、そういうおばさん先生。おまえが家庭を語るなって言ってやりたいわ」

最後の台詞には笑った。上京以来の付き合いになる彼女は息をするように歯に衣着《きぬ》せぬ毒舌を繰り出すのが特技で、なにを話しても一番気持ちのいい反応を返してくれる。うまく言葉にできないけれど、なんとなく胸につっかえるものがある、そういう話題であればなおさら。

「なにそれ、ありえなくない？」

今回も事情を伝えたら、やっぱり大声を出して思いっきり引いてくれた。そうやろ、と言いたいのをこらえ、まわりからの視線を調理台越しに感じつつ、わたしは手元の紙コップからティーバッグを引き抜いた。

「理恵、そろそろ出さんと。味濃くなるよ」

「え？　ああ。さんきゅ」

そう言って自分のティーバッグを用意された小皿に置きながら、彼女の興味はまったくそっちには向いていないみたいだった。こんな場所で飲むお茶なんか濃かろうが薄かろうが、という態度を隠そうともしない。でもわたしは、何事もタイミングが大切だと思う。紅茶だろうが、結婚だろうが、出産だろうが。

「おっかしいよなんでそうなんの？　いくつだっけ、杏梨の小姑《こじゅうと》」

「二十七。同い年」

「うーわ、やりづらぁ！」

理恵は、彼女のことを決まって「小姑」と呼ぶ。

駅ビルの中のクッキングスタジオは仕事帰りの女性に人気で、とりわけ水曜や金曜の夜はすぐに予約が埋まってしまう。扱う内容は基本の家庭料理からわたしたちの受講しているパン作りのコースまで多岐にわたり、六つある調理台はきょうも満員だった。スリッパの足音、スタッフが指示を飛ばす声、油の跳ねる音に洗い物の水音。あわただしい雰囲気の中、手を止めているのは隅の休憩スペースで生地の発酵待ちをしているわたしたちだけだ。

紙コップを両手で持つと、じんわりと細胞ひとつひとつが温まってほぐれる感じがした。

今年は十一月に入っていきなり気温が下がったから、結婚式を九月にしておいて本当によかったとあらためて思う。招待客のひとりだった職場の先輩が、二月に式を挙げた友人のせいでひどい風邪《かぜ》を引いたとぼやいていたことは忘れられない。同じような失敗をしたらずっとこうして恨みがましく言われるのか、とひやひやしていたのだ。

　三つ年上の夫とはわたしの職場で知り合い、出会って半年で告白され、付き合って一年でプロポーズされた。笑うと下がる目尻のかわいい穏やかな人で、同居を始めて二か月になるけれど、いまのところ目立った喧嘩《けんか》はない。新婚旅行は来年の一月、休みを合わせてオーストラリアに行く予定でいる。だれに聞かせても恥ずかしくない、だからわざわざ話す必要もない。きのうまでは、そんな平穏な新婚生活だった。

「妹さん、ひとり暮らしなんやけど、こないだ空き巣に入られたんやって」

「だからってなんで杏梨と晴彦《はるひこ》さんとこに来るの？　実家に戻ればいいじゃん」

「あちらのご実家にいま猫がおって、妹さんが猫アレルギーらしいの」

「一匹くらい隔離しときゃいいでしょー」

「四匹。……お義母《かあ》さん、捨て猫とかほっとかれへん人で」

　壊れたクルミ割り人形みたいに、ばっくりと理恵の顎《あご》が落ちた。

　はじめて夫の実家に行ったときは、その猫たちに少なからず救われた。わたしの実家でも猫を飼っていて、しかも義母の猫の一匹はたまたま同じ長毛の白だったので、あるあるネタの交換や写真の見せ合いをしているうちに緊張は吹っ飛んでしまった。

猫好きに悪い人はいない、としみじみ言った義母が「なんだか自画自賛みたいになっちゃったけど」と照れたように笑ったのを見て、わたしは義実家への挨拶という状況において、考えうるベストの結果が出たことを確信した。

「それにしたっていい年こいてさー」

理恵は気を取り直し、また「小姑」の悪口を再開した。こういうときに友達や恋人を頼らないなんて、性格に問題があるとしか思えない。どうやら相当のブラコンらしいし、これを機に新婚家庭を偵察してあら探しをするつもりに決まっている。えー、とか、まあまあ、とか適当に言いながら、内心ではひとつひとつにうなずいた。

盗まれたものの中に下着があったこと、そもそも本人が同居に乗り気じゃないこと、それどころか心配した義母がむりやり説得したらしいこと、そんなのはもちろん伝えない。万が一「だったらしょうがないね」なんて言われたら、せっかく晴れかけていた気分が台無しだ。

「経歴からしてプライドの塊っぽいしさ」

「んー、わりとはっきり言う感じの人ではあるみたい。だからかしら、ってあちらのお義母さんもよく――」

そこで、ちょっと唐突に言葉を切った。

釣り糸で引かれたように壁の時計を見上げ、あと十分くらいかな、とつぶやいてみる。もちろん、いちいち確認する必要はない。生地の発酵が済んだら担当のスタッフが呼びに来てくれる決まりだ。

「ちょっと。なにが『だから』なの？」

じれったそうな問いかけに、わざと「いや……」と目を泳がせた。

「おらんらしいの、いままでずっと」

「……もしかして」

「彼氏」

前のめりになっていた理恵が、今度は「うっわぁー」と必殺技でも食らったみたいにのけぞった。

「やばくない？　二十七歳バリキャリ処女。間違いなく地雷案件じゃん」

「まあ、でも。そういうのってご縁やし」

「理系一直線ならずっと男に囲まれてきたはずじゃない。そういう環境だとよそでは相手にされないようなタイプでもめちゃくちゃモテるっていうしさ、それで一度も経験ないってよっぽど……もしかして、女の子が好きとか？」

ふいに声をひそめた意味が最初はわからなかったけど、いきなり神妙になった表情を見て察した。たぶん一緒にここに来るとき街頭ビジョンで流れていた、同性愛関連法案がどうこうというニュースを思い出したんだろう。正直そんなのわかるわけないけど、そう答えたらこの話が終わってしまうことはわかる。

「んー……そうでもないみたいやけど」

安心したように苦い顔に戻る様子は、悪役の仮面を被《かぶ》り直すレスラーみたいだった。

つくづく理恵はかわいい。その上とても真面目だ。百四十五センチの身長を印象づけるためにヒール三センチ未満の靴しか履かず、リスのような童顔の魅力を最大限に引き出すヘアメイクを研究し尽くし、秘書業で培ったスキルを活かして異性関係もマルチタスクでこなし、もっとも将来性のある相手を見定めるべく細かいところまで目を光らせている。そうやっていつも努力を惜しまない彼女には、同世代の処女なんてそんな事情でもないと納得がいかないらしい。

義理の妹のほうは、きっと理恵がしてきたような努力を軽蔑するだろう。努力とも認めないかもしれない。そんなふうに頭の中だけでふたりを勝手にぶつけ合うのは、幼稚園のときに遊んだ紙相撲《かみずもう》みたいでじつはちょっと楽しい。

「小姑とちゃんと話したことは？」

「一回だけ。三人でランチに行った」

「だれの発案？」

「妹さん。いっぺん話してみたいって言うてる、って」

「うっわ、怖！　そんなの完全に赤紙じゃん」

やっぱり理恵はさすがだ。受け取ったこちらからすれば、まさにそんな感じだった。

交際中から、夫の妹の話はよく聞かされていた。彼の三つ下、つまりわたしと同い年。幼稚園から大学まで兄妹《きょうだい》で進路はほぼ一緒、大学に至っては学部も同じ農学部だった（この時点で理恵は完全に引いていた）。ただ、本人いわく可もなく不可もない成績で卒業して区役所に入庁した夫に対し、優秀な妹は大学院を修士課程まで修了、大手飲料メーカーに就職して、いまは目玉商品である野菜ジュースの研究開発を担当している。

小中高のすべてで学級委員を務め、高校の卒業式では答辞を読んだ。部活は小中がハンドボールで高校が弓道。おかげで肩はいまだに強く、軽く叩かれるだけでかなり痛いらしい。兄妹揃ってビールと焼酎が好きで、いまでもいい居酒屋を見つけると連絡をとりあっては、漫画や音楽の話題を肴《さかな》に飲み交わすそうだ。

「ほんま、妹さんと仲ええね」

話を聞くたびにわたしは言い、彼は毎回意外そうに、そうでもないよ、と答える。

何度も同じやりとりをしていることに、たぶん彼だけ気づいていない。

会う前から顔まで知っていた。お義母さんが見せてくれた、女性向けファッション誌の「キラキラ働く☆女性のリアルライフ」特集で。企画の目玉は当時フリーになったばかりの女子アナらしく、見開きの大半を彼女のインタビューが占めていた。それでも次のページの三分の一くらい、芸能人以外では一番大きなスペースを割いて、その記事は写真つきで載っていた。

『やりがいに男女の別はありません　今村志穂子さん（研究・開発職）

「好きなことを追い求めていたらいまの職場に行き着いただけで、女性だからといって特別なにかを意識しているわけじゃないんです。そもそも女は家事をして男が働くのが当然という感覚自体、いまの時代にそぐわないので。私はひとりの人間として当たり前のことをしているだけ。キラキラできているかは疑問ですね（笑）」あくまで自然体で答えてくれた今村さんの、一日のスケジュールは――』

幸い、見るからに人のよさそうな夫と共通の血を感じる部分は少なかった。日本人形みたいに黒々とした髪、色の白い肌、知的な脳が下にありそうな富士額。ほがらかなコメントに反して吊《つ》り目がちの顔はあくまで無表情で、ショートボブが際立たせているすらりとした首、男の人なら喉仏のあたりには妙に色っぽいほくろがあった。

もちろんほかに載っていたのも美人ばっかりだったけど、ほぼ全員が隙のない私服を着て隙のないメイクをしてカメラ目線で隙のない笑顔を作る中、ひとりだけ白衣をまとい、襟元から覗《のぞ》くラフなパーカーがいかにも「自然体」な彼女はあきらかに空気が違っていた。たぶん、それで誌面上の扱いも大きくなったんだろう。カメラからやや顔を背け、真剣な打ち合わせの最中みたいな演出までつけられていた。

「雑誌、見ましたよ。素敵やったわ」

三人で食事をしたとき、夫がお手洗いに立ったタイミングでわたしはすかさずその話題を振った。

最初から、ふたりきりにされてしまったらそうするしかないと決めていた。そもそもそこまでの時点でだいぶ弱っていたのだ。先に着いていた彼女からいきなりじろじろ観察され、わたしたち兄妹はあなたが現れるまでの長い時間をこんなに仲良く過ごしましたと言わんばかりに昔のエピソードをたたみかけられ、なんとか場を和ませようと休日の過ごし方を訊《き》けば「……寝てます」の一言だし、機嫌をとろうと仕事のことに水を向ければ専門用語を連発して知識をひけらかすから理解できないし、それはもう、最終兵器に近い話題だった。

「頼まれて質問に答えただけですから」

返ってきたのは不愛想な即答だった。世の中に「キラキラ働く」というキャッチコピーで紹介されて様になる会社がどれだけあるか、そこからさらに女性誌の取材対象として選ばれるのがどれだけの確率か、そんなのまるで気にしたことがない、とでも言いたげな。

「頼まれること自体がすごいやん。いかにもできる女って感じでかっこよかったよ」

「演出の賜物《たまもの》ですよ。眼鏡《めがね》外せとか、作業服より白衣のほうが誌面映えするから着替えろとか。現実はもっとボロボロです」

ピリオドがはっきり見える口調で彼女は言い切り、パスタをすすりながら眼鏡ごと目を伏せた。

かなり分厚いレンズが入ったそれは、カメラマンだか編集者だかが外せと言いたくなるのも納得のやぼったさで、こっちが眼鏡店勤務だと知った上で挑発しているのかとさえ思った。もっとも「好きなことを追い求めていたらいまの職場に行き着いた」らしい彼女とは違い、わたしはそれに乗っかるほど、仕事に思い入れもないのだけど。

「自分から食事に誘っといてその態度?」

理恵は小刻みに首を振って「ないない、マジでありえない」と繰り返した。芸人顔負けの派手なリアクションを見るごとに、あのとき感じたモヤモヤがちょっとずつ薄れていく。

「同居の件、晴彦さんに相談できないの？」

無言のまま、暗い表情でうつむいた。

それだけで、賢くてかわいい理恵は意図したものを感じ取ってくれたらしい。吐き出すような深いため息とともに、がっくりと華奢《きやしや》な肩が落ちる。

「……わっかんないんだろうなあ、男の人には……」

思わずうなずいてしまった仕草は、うなだれた彼女には見えなかったはずだ。

そう、わかってもらえないことはわかっている。だから相談する必要もない。

三人での食事会が決まったとき、わたしはまず夫に店を決めてくれるよう頼んだ。

「あたし妹さんの好みとかわからんし」と言うと、彼は「あいつ俺と同じでバカ舌だから、気にせず好きなとこ選びなよ」と笑顔で返してきた。どうにか説得するまでに十五分、なんとか承諾してもらって、そこからがまた長かった。午前中に用があったので駅で夫と待ち合わせてからお店に向かいたいと伝えたら、それを聞いた彼が心底不思議そうに「直接店に集合すればいいじゃない、駅から近いみたいだし」と答えたのだ。

「あかんよ、初対面でいきなりふたりっきりになってもうたら緊張するやん。妹さんのほうも気ぃ遣うやろ？」

「同い年だしいくらでも話題あるでしょ。俺の悪口で盛り上がってくれてもいいし」

虚心坦懐《きょしんたんかい》、というタイトルで飾られていそうな笑顔に、わたしは本気で言葉を失った。

あのとき言うべきだったかもしれないことはそれっきり見つからないし、こればかりはたぶん理恵にもわからない。紅茶を飲み干し、空になったコップを両手で包んだ。さっきまで温めてくれたはずのそれが、今度はひんやりと肌から熱を奪っていく。

どんよりした沈黙を救うように、失礼しまーす、と担当の女性スタッフが現れた。

「そろそろ発酵が終わりますよー」

彼女は愛想も手際もいいし、強引に追加受講を勧めることもないからわたしも理恵も気に入っている。ただ、発酵が成功したことを「かわいくふくらんでますね！」と表現する癖だけは苦手だった。手の中で呼吸しながらつやつやと変形していく生地は、たしかに愛らしいと呼べなくもない。でも、まるでペットや赤ん坊に対するようなその言葉を聞いてからだと、人肌のそれを力いっぱい潰したりちぎったりするのがなんとなくきまり悪くなる。

立ち上がりざま、エプロンのポケットに入れたスマートフォンを見た。

LINEの着信を示す緑色のランプが点滅している。確認するまでもない、発酵待ちの休憩時間に入ってすぐ、理恵と話す前に夫あてに打ったメッセージへの返事だ。眼鏡店勤務だけど視力一・〇のわたしの両目は、画面に表示された通知の内容を一瞬にして読み取ることができた。

『ありがとう。志穂子に伝えておきます。

ほんと杏梨は俺にはもったいないです。

杏梨が俺と結婚してくれてよかった。』

スタンプだけでも返すか迷って、やめた。

理恵の背中を追いながら考える。家庭科が嫌いだった理由は先生が怖かったから、と、わたしは彼女に言った。それは嘘じゃないけど、理由のぜんぶでもない。

　「センセーは独身なのに、なんで家庭科を教えてるんですか？」

たとえば声が大きいとか体が大きいとか、小学生にもわかりやすい「怖さ」を持った人ではなかった。小声で小柄で地味な色の服ばかり着ていて、どちらかといえば舐められやすいタイプだった。たとえば空気の読めない男子から、ちょっとした悪ふざけや笑えない度胸試しに利用されるような。

「あなたの発想は、女性を男の道具とみなすものですね」

板書をしていた先生が淡々と言って振り向くと、そこかしこから笑いが漏れた。陽気な感じでさえあった。たぶん、みんな冴《さ》えないおばさんが真顔で放った大仰な台詞に失笑したくて、でもそんな大人の笑い方を知らなかったんだろう。

先生は顔色ひとつ変えずにホワイトボードから離れ、家庭科室のドアを開けた。その時点で、わたしを含む一部の子が異変を察知して空気は急速にトーンダウンしていた。ただ、はっきりと全員が凍りついたのは、彼女がその男子を指さして「出て行きなさい」と言った瞬間だった。

「先生にはあなたのような人間から、女子のみなさんを守る義務があります。いまどき、女は好きな男のために家事をするもの、などというつもりでいるのなら」

たぶん少なからぬ数のクラスメートが、あのときはじめて自分たちが「子供」であることを実感していた。わざと大声を出したり、拳《こぶし》を振り上げたりしなくても、大人はこんなにいつもどおりの態度で、煮えたぎる怒りや冷ややかな軽蔑を知らしめることができる。それを自覚していることを隠しもしないで、そして、と彼女はこちらを見渡した。

「彼の意見に少しでも賛成した人も、一緒に出て行きなさい」

とどめの台詞が放たれるころにはもう、わたしたちは完全に制圧されていた。

その男子が、あるいは彼以外の「少しでも賛成した人」が、それを受けてどうしたのかはもう忘れた。うわべだけでも謝ったのか、意地になって動かなかったのか、いたたまれず本当に出て行ったのか。いずれにせよ、授業終了のチャイムが鳴るまで先生がドアの脇に立ったまま、一言も口をきかなかったのは覚えている。

好きな男のために家事をするのが女の幸せだと、一瞬でも考えたことがある人間がそこにいるならば、決して見逃すまいと言わんばかりに。

静まり返った教室で、わたしはうつむいたまま考えていた。

わたしたちに「家庭」を教えるのが仕事だというこの人は、帰ったらだれのために裁縫をして、料理をして、掃除をするんだろう。どうして家庭科を教えているんですか、という質問にはそれを答えればいいだけのはずなのに、教え子を通してなにと戦っているんだろう。

いったいその頑《かたく》なさで、なにから守ってくれるというのだろう。

——女は家事をして男が働くのが当然という感覚自体、いまの時代にそぐわないので。

そうなのかもしれない。時代なんて大きなもののことは、わたしにはわからないから。

「……ああ、ごめんごめん。ぼーっとしてた」

「見りゃわかるよ」

言葉とは裏腹に、理恵はぽんぽんと肩を叩いてくれた。

なにを労《いた》わられたのかは正直わからなかったけど、心から「ありがとう」と答える。わたしは頭がよくない。でも、本当のことや正しいことをそのまま口にするよりも、ずっと大切なことがあるのは知っている。

調理台に戻ってきたとき、そこが小学校の家庭科室にそっくりだといまさら気がついた。もう何回も通っているはずの場所なのに。パン生地はスタッフの手で用意されていた。透明な耐熱ボウルに入ったそれは無事に発酵して倍ほどの大きさにふくらみ、赤ん坊の肌のような甘い匂いをまき散らしている。

いまからこれをスクレーパーでばらばらにして、成形して二次発酵させ、二百度を超えるオーブンに放り込む。少し形がいびつだったり、ふくらみが甘かったりするものはそのままわたしの夜食になり、うまく焼き上がったら明日の夫の朝食になる。

そんないつもの工程が、きょうだけはひどく憂鬱だった。

＊

だから実家に連絡されるのは嫌だったのだ。

母の行きすぎた心配性については、昔から熟知している。まあこわい、あらたいへん、やだどうしましょう。実のない言葉で問題を何倍にもふくらませ、破裂しそうになったところで人に丸投げする、その手腕たるやもはや名人芸の域だ。主婦に飽きたら大道芸人にでもなればいい。兄も悪い。いくら泣き落としを受けたとはいえ、よりによって「じゃあしばらくうちに来させる?」なんて、しかもバカ正直に妻に相談までするなんて、愚の骨頂だ。

そしてなにより腹立たしいのは、そんな非合理的な提案をふたつ返事で承諾したという兄嫁だ。おかげで取り返しがつかなくなった。絶対迷惑に決まっているのに、そして断る理由なんかいくらでもあるはずなのに、なんで少しは抵抗してくれなかったんだろう。

いや——だいたい、想像はつく気がする。

社宅の数室に空き巣が入ったこと、そこに自分の部屋も含まれていることを知ったのは、犯行から三日も経ったあとだった。犯人が律儀に窓を閉じていったので、鍵を壊されたことに気づかなかったのだ。夜中に帰宅して、相変わらず散らかってるな、朝よりも汚くなってる気さえする、替えのパンツやアクセサリーにも見当たらないものがあるし、まるで空き巣にでも入られたような有様だなあ、なんてのんきに思っていたら、まさか実際にそうだったとは。

警察にも呆《あき》れられ、母には「どうかしてるわ」と涙ぐまれて反論もできなかった。事情聴取、ピッキング、犯人逃走中、ドラマめいた言葉にすっかり浮き足立つ彼女をなだめるには、できるだけ逆らわないようにするよりほかになかった。まあ、年末年始も迫っていることだし、長くてもそれまでにはあわただしさにまぎれてほとぼりが冷めるだろう——と、思いたい。

最低限の荷物だけ詰めてきたはずのサムソナイトは、ブランド史上最軽量という売り文句とは裏腹に妙に重い。おかげでいちいち歩道の凹凸にタイヤが引っかかる気がした。兄夫婦のマンションまでは、最寄り駅から徒歩十分の一本道。夜中でも煌々《こうこう》と明るいアーケード街を通り抜けてすぐ、スマートフォンのマップ機能なしでも迷子にすらなれないシンプルなルートが逆に恨めしい。

五階建ての建物は外観からして築浅《ちくあさ》、しかも宅配ボックス付きだった。ゴミ捨て場がないと思ったら、自動ドア越しに鍵付きの住居者用集積スペースが見える。エントランスであらかじめ指定されていた部屋番号を呼び出すと、間を置かず『はーい』と兄嫁がオートロックを解除した。

エレベーターを降りて玄関前まで着いてようやく、そこが最上階かつ角部屋であることを知った。ぼんやりした兄と一見おっとりした兄嫁が、いったいどうやってこんな競争率の高そうな物件を勝ち取ったのだろう。インターフォンを押すとほとんど同時に勢いよくドアが開き、びっくり箱のように杏梨が飛び出してきた。

「志穂子ちゃん！　大変やったねえ」

そう言って、彼女はいまにも抱きつきそうなテンションでスーツケースを奪い取り、わたしの空いた右手を自分の両手で握った。

「ご迷惑かけてすみません。お金とか、ちゃんと払いますから遠慮なく言っ」

「そんなんええのよ！」

いやよくないだろ、と内心でつぶやく。そういうことはできれば最初にはっきりさせておきたいし、立場上こちらから申し出るのが常識だ。

「怖い目に遭ったんやもの、困ったときはお互いさまよ」

「怖い目になんか遭ってないですよ。いないあいだのことですし、無差別に入られただけで個人を特定されたわけでもないんですから。母が大袈裟《おおげさ》なんです」

「そんな言い方したらあかんよ。心配するのは当たり前やし、ありがたいことやん」

熱弁する彼女の背後から、やっと見慣れた顔が現れた。

安堵《あんど》しかけた次の瞬間、兄はただならぬ風情のわたしたち——というより杏梨を見て足を止め、呼びかけるまもなくさっと廊下の角へと引っ込んだ。おそるおそる、といった様子でこちらをうかがう首から下は見えないけど、たぶんわたしや母がよく「ドブネズミ色」と揶揄《やゆ》していた、あのくたびれたスウェット姿だろう。おろしたてのようなかわいいルームウェアを着た新妻とひとつ屋根の下に、平然とそういう格好でいられるタイプなのだ。

助けを求めて視線を飛ばしてみたけど、微妙に焦点が合わなかった。兄はわたしたちのほうを見ているようで、その実、杏梨の背中しか見ていなかった。もしくはなにも見ていなかった。いつものようにぼんやりと、申し訳程度に、という感じで、手に手を取り合う妻と妹にとりあえず顔だけを向けていた。

どうぞ女同士ごゆっくり、とでも言いたげに。

「あたしにも、女同士なんでも相談してな？」

杏梨はまだ手を離さない。強すぎもせず弱すぎもせず、ふんわりしたいいおにぎりができそうな力加減だった。華奢な指、なめらかな肌、ちょうどよく心地いい体温。

「優しいんですね、杏梨さん」

でもなぜか、それに包まれたこちらの手はじわじわとかさついていく。

「どうぞおかまいなく。あたしのことは、男だと思ってください」

冗談だと思ったらしい兄が「は」と声を出して笑い、ようやく力のゆるんだ杏梨の手をわたしはさりげなくほどいた。

玄関から入ってすぐ右、六畳の和室がわたしの仮住まいで、その隣が夫婦の寝室。廊下の反対側はトイレと浴室と洗面所、奥がリビングとキッチン。案内を受けながらも、視線はつい細部に注目してしまう。靴箱の上には披露宴で見かけた似顔絵入りのウェルカムボード。リビングのチェストには人前式で使った結婚証明書。テレビの脇にはブーケをそのまま加工したプリザーブドフラワー。もちろん、当日の写真を収めたフォトフレームも随所に飾られている。

「疲れたやろ。お茶でも飲む？」

「いえ、大丈夫です。明日もあるので」

「そう。じゃあ、ゆっくり休んでね」

客用布団が敷かれた和室から、兄嫁はにこやかに出て行った。

最後まで寸分たりとも崩れなかったその笑顔は、よくCMで見かけるウォータープルーフのファンデーションを彷彿《ほうふつ》とさせた。ひと塗りで吸いつくように肌を覆う密着力、が売りのそれは、しかし口コミによると代償として「二度と落とせないんじゃないかと息苦しくなる使用感」らしい。

襖《ふすま》が閉まり切る音を聞いてから、待ちかねたように深々とため息が出た。

母がわたしとの同居を持ちかけたとき、彼女は明るく快諾したそうだ。もちろんです、お役に立てるんやったらどうぞいらしてください。それにしても、そんな状況でも休まず会社に行くなんて志穂子さんは強いですね。あたしには無理やわあ。

「ほんとに、杏梨ちゃんは優しいわねえ」

電話口でもはっきり聞き取れるほど、母は助詞の「は」を強調した。

それにしても、いくら優しくたってあの態度はちょっとどうかと思う。家族だから、女同士だから、同い年だから。そんなあやふやな理由で過剰な奉仕を求められ、トラブルに発展する事例なんかいくらでもある。ましてもともとは他人だ。特段に仲がいいわけでもないのに、彼女は怖くないんだろうか。

それとも、そんなふうに警戒するほうがおかしいんだろうか。

両手を目の上に置くと、まぶたの裏に蛍光灯の白い残滓《ざんし》が散った。そのままぐねぐねとうねりだす。古いアニメに出てくるタイムスリップみたいだった。いっそ本当にそうなってほしい。どこまで遡《さかのぼ》ればこの事態を回避できるのだろう。

兄に恋人がいることは、なんとなくだが知っていた。

わたしたちは以前からそういう関係で、なにかにつけ大袈裟な母には伝えづらいが秘密というほどでもない、そんな話題はだいたい共有してきた。ただ、はっきりと存在に言及したのは今年の年明け、久々にふたりで飲んだときだ。兄がなにげなくスマートフォンをテーブルに置いたその拍子に、テーマパークのカチューシャをつけて微笑む女の子の待受画面が目に飛び込んできた。

「美人じゃん。よく相手してもらえたね」

スマホを奪ってまで話を変えたのは、えんえんと続く母からの伝言に食傷していたせいだ。年末年始に帰らなかった恨み言、仕事はほどほどにという無理な注文。体を壊したら大変だから、というのは表向きの理由だ。さして親しくもない同級生や親戚の結婚および出産報告をいくつか挟んで、最終的には「あんたももう若すぎるってことは」となる。兄を介すれば逃げられまいという打算がまた癪《しゃく》だ。

眼科だっけ？　眼鏡屋、おまえほんと適当だな。ふーんまあいいや、おにいもカノジョの写真を待受にする男になったかー。だらけた会話をしつつ、わたしは店員を呼び止めてガリサワーを注文した。しないと怒るんだよ、とまんざらでもなさそうに言いながら、兄もホッピーの白を追加した。

わたしたち兄妹の出身大学近くにある、行きつけの居酒屋だった。店内のＢＧＭはいつもどおりうなりのきいた演歌で、客層は母校の後輩らしき学生が大半を占め、そこかしこで怒号やらコールやらが響いては、店内にある生簀《いけす》の水面を揺らしていた。わたしはイカの一夜干しで七味マヨネーズをすくいながら、兄がここに彼女を連れてきたらどうなるんだろう、とためしに想像してみた。その場では「わあこんなところはじめて」とかなんとか楽しそうにしてくれて、でも次の約束にはこぎつけられない。そんなところが妥当かな。

婚約が決まったとき、会いたいと言ったのはわたしだ。そのぼんやり加減のせいでよもや童貞かとまわりから疑われていた兄のこと、すぐに振られるだろうと思っていたらとんとん拍子に話が進んだのだ。気になるのは当然だった。

向こうからも快諾が得られたので三人で予定を合わせ、わたしの仕事が比較的落ち着く夏に日程を定めた。そして七月の第二土曜日、恵比寿《えびす》にある「カジュアルに本格派の味」を売り文句にしたイタリアンレストランの半個室で、わたしたちは初の対面を果たした。

「はじめまして、桜木杏梨《さくらぎ》です」

兄と連れ立って現れた彼女を見たとき最初に抱いたのは、好き嫌いより先に「顔を覚えられないかもしれない」という危機感だった。一度写真を目にしていたにもかかわらず、だ。万人に嫌われないために好感度で個性を塗りつぶしたような、この手の美人はかなり判別の難易度が高い。

少しでも特徴を捉えようと細部まで目をこらしてみたけど、清楚《せいそ》なベージュのワンピースといい、丹念に巻いた髪や睫毛《まつげ》といい、ピンクゴールドを基調としたアクセサリーといい、すべてがどこかで見たような感じでお手上げだった。ただ、当たり障りのないそれらひとつひとつがリスクヘッジのように分散され、その女っぷりを巧妙に底上げしていることだけが伝わってきた。早々に匙《さじ》を投げ、万が一どこかですれ違ったときに無視してしまうようなことがあれば、目が悪いから気がつかなかったと言ってごまかそうと決めた。

俺カルボナーラあたしバジルソース、と単純にのたまうわたしたち兄妹を後目《しりめ》に彼女は呪文めいた名前の料理を注文し、なにかと思えば正体はただのトマトソーススパゲッティで、しかも彼女は淡い色の服はおろか、テーブルクロスさえ一切汚すことなくそれを完食した。わたしはそのあたりで完全に慄《おのの》き、まともにコミュニケーションできる自信がなくなっていた。だいたい、桜と杏《あんず》と梨の木、なんて名前を臆さず人に伝えられる時点で底知れない。

最初こそ事前に厳選した兄にまつわる笑い話を披露していたものの、いつしか当事者だけが盛り上がって肝腎の杏梨は「ほんま、ふたりは仲がええんやね」と愛想笑いを浮かべるばかりになったのでやめた。そうなると当然共通項などなく、苦しまぎれにプライベートの話をしようにもこちらは無趣味だし、彼女に話させようにも単語からしてぴんとこないから正しい相槌《あいづち》が打てない（ポーセラーツ？ナイトヨガ？UVレジンのアクセサリー？）。彼女のほうもいたたまれなかったのだろう、わたしが一度取材を受けたファッション誌の記事を見たと言って熱心に褒めてくれたけど、それも正直よくわからなかった。うちの商品の広告を掲載している雑誌の編集部から「リケジョ」を紹介してくれと広報部に依頼があったとかで、適当に声がかかっただけだ。自分自身の手柄、たとえば業務実績や研究成果について褒められればもちろん嬉《うれ》しいけど、仕事のことを訊かれて答えてもすぐ「そうなんや」か「すごーい」しか返事がなくなった。

いちおう大きなトラブルもなく食事会は済んだけど、それだけを理由に兄が「すぐ打ち解けたみたいでよかったよ」とのたまったときには本気でバカなんじゃないかと思った。わたしに言わせれば、あれは会話のキャッチボールどころかラリーにすらなっていない投げ合いだ。片方が話題を投げても空気が抜けた球がぽとっと落ち、それを見てもう片方があわてて次の話題を放る。その繰り返しで時間が過ぎた。

ただ、気を悪くはしなかった。それどころか、まあふつうの女子は品種改良や成分配合量の話をずっとされても困るよな、と帰りの電車で反省したくらいだ。それだけなら、なんかすみません、どうぞお幸せに、で済んだ話だった。

九月に行われた結婚式は、ホテルウェディングだった。

二十七歳にして親の意向で緑の振袖を着付けられ、痛いほど帯と髪と睫毛を巻き上げられたわたしは、両家顔合わせを終えて伯父《おじ》夫婦と雑談をしていた。だだっ広い控室には光の屈折率が異様に高そうなシャンデリアがあり、ここを借りるだけでいくらかかるんだろう、おにいがんばったな、と感心したのを覚えている。

「志穂子ちゃん、もう院は出たんだよね。仕事はなにしてるんだっけ？」

わたしだったらこの部屋を借りるお金をなにに使うだろう、と思いながら伯父の質問に会社と部署名を答えたとき、ふいに「あら、若いのに立派やこと」という、知らない女性の声が割り込んできた。

「先々を考えて、ちゃーんとお勉強して替えのきかない職に就きはったんやねえ」

いつのまにか横にいたのは、所在なげにしていた杏梨のお母さんだった。

式までの流れにまったく関わっていなかったわたしは、杏梨が母子家庭だったことをその日はじめて知った。もともとひとりっ子の上に、地元が遠くて人をあまり呼べなかったとかで、新婦側の親族で出席していたのは彼女だけだった。

「ああ、ごめんなさいね、突然。しっかりしてはるな、感心やなあと思って。うちの娘と同い年でしょう? とてもそうは思えんわ」

「まあ、そんな。気が強くて貰《もら》い手がないだけで」

そう応じたのは、もちろんうちの母だった。

「うちの子も、杏梨ちゃんみたくおしとやかだとよかったんですけど」

「あら。この時代におしとやかでも、なーんにもええことないですよ」

ふたりとも、同じホテルの美容室で着付けとヘアメイクをしたらしい。似たような留袖を着て似たようなまとめ髪をした中年女性たちが、お互いの娘について大袈裟に謙遜しあう様子はシュールな漫才さながらだった。ただ、ちょっと観察すればすぐに違いはわかる。わたしの母が逆毛を立てて髪にボリュームを出し、さらには大ぶりのかんざしで飾り立てていたのに対し、杏梨のお母さんは頭蓋骨の形がわかるほどぴったりと髪をまとめ、アクセサリーもほとんどつけていなかった。久々に着飾る機会を得てあきらかに浮かれた様子の母とは対照的に、あくまで自分の立ち位置をわきまえていたのだろう。

「ひとりで生きられるだけの力があれば、いまどき男の人に頼る必要ないもの。むしろお金も時間も自由にできてええことずくめやわ。娘さんは賢い、ゆうだけの話ですよ」

赤い唇で微笑まれ、三者面談みたいだなと思いながらなんとも答えられずにいると、

「ほんま、志穂子さんは立派やわ」

控室の奥から、涼しげな声が通り抜けてきた。

振り向くと、お姫様のように座っていた杏梨が悠然と立ち上がるところだった。主役の彼女は朝からヘアメイクやら写真撮影やらでなにかと忙しそうで、緊張もあってかほとんど口を開かなかったので、そのときまで、話を聞かれていたことにすら気がつかなかった。

「ええ学校出て、ええ仕事に就いて、朝から晩まで働いて。ほんま、たくましくてう

らやましいわ。あたしには、とても真似《まね》できひん」

ヴァージンロードを歩く予行演習かと思うほど厳粛な足取りで、杏梨はこちらに近づいてきた。妙に歩幅が狭かったのは、裾に隠れたハイヒールのせいでもあったのだろう。光の塊のような真っ白いウェディングドレスを着て、むき出しの首や肩にそれこそシャンデリアみたいにラメを光らせた姿は、花嫁というよりむしろ女帝に見えた。しかも人間のそれじゃない、中世の戯曲にでも出てきそうな妖精の女王様だ。

その雰囲気に圧倒され、そこにいる全員、会話に加わっていなかった人までが、いつのまにか彼女の言葉に耳を傾ける形になった。

「あたしも、志穂子さんみたいに生まれてたらよかったなぁ」

台詞とは裏腹に杏梨はこちらを一瞥《いちべつ》もせず、しずしずと母の前に歩み出た。

そして次の瞬間、三つ指をつかんばかりに深々と頭を下げた。

「お義母さん、ごめんなさい」

あとでヴェールを載せるために髪をアップにしていたせいで、無防備な首の細さが痛々しいほど際立っていた。断頭台のマリー・アントワネットを彷彿とさせる、いまにも消え入りそうな風情。母も含めた何人かが息を呑《の》み、わたしはただただ呆気《あっけ》にとられていた。

「あたし、志穂子ちゃんみたく頭もよくないし、なんのとりえもありません。でも、がんばって晴彦さんのことを一生支えていきます。それくらいしか、できないから」

その声はいまにも枝から落ちそうな果物みたいに、たっぷりと甘い水気を含んで震えていた。

たちまち母はつられて涙ぐみ、「まあそんな、杏梨ちゃん顔を上げてちょうだい」と腰を屈めて彼女の手を握った。和装でなければ膝くらい突いていたかもしれない。

「うちは杏梨ちゃんがお嫁さんに来てくれて、とっても嬉しいと思ってるのよ」

「でも、志穂子さんに比べたら」

「志穂子は特殊よ。だって、ねえ？　このとおり、男みたいなものだから」

志穂子は特殊。母の口ぶりは言い慣れたもので、そこにいただれも、母自身ですら、それが引き出された台詞だとは考えもしなかっただろう。

隣にいた伯父夫婦も、手持ち無沙汰にしていた父も、いつしかみんな杏梨を囲んでいた。そして気がつけば、わたしだけが円の外側で立ち尽くしていた。その中心にいて涙ぐんでいたはずの杏梨がしだいに笑顔になっていくのを、結界の外から妖精の国を覗き見る招かれざる客のように、ひとり呆然《ぼうぜん》と眺めていた。

「ふつつか者ですが、よろしくお願いします」

奈良出身の彼女の言葉遣い、語尾や語頭をひょこんと動かすそれには、小動物がしっぽを振る仕草さながら場をやわらげる効果がある。たちまち空気がふわりとほどけ、控室に和やかな笑い声が広がった。

上京して何年も経つはずなのに、方言ってそんなに抜けないものだろうか。目を逸《そ》らしたとき、わたしは自分のほかにも円の外側にいる人を見つけた。

だから必死で視線を送った。言葉にならない呼びかけは、単なる救難信号よりもっと切実だったかもしれない。助けてくれなくてもかまわない。ただ、急に始まったメロドラマに対して肩をすくめ、まいったね、と目配せを返してくれればそれでよかったのだ。

一緒に困ってくれるんじゃないかと、期待していた。七五三みたいな銀のタキシードに逆に着られていて、慣れないヘアセットをしたばかりの頭からさっそく毛が跳ねていて、せっかくめかしこんでいるのに正直そんなに印象の変わらないその人だけは。

ふいに隣から花嫁が立ち上がっても微動だにしなかった、いまもこの空間でひとりだけ椅子に座ったまま、いつもどおりぼんやりしているその人だけは。

たしかに、戸惑った表情ではあった。あきらかに蚊帳《かや》の外だった。

でも、兄はこちらを見もしなかった。その視線はほかのなにもかも、当然わたしのことも、光の透過のようにすり抜けて、場の中心にいる杏梨だけに注がれていた。もちろん、健気な花嫁をいとおしむ眼差《まなざ》しでもあったのだろう。だけど彼をよく知っているわたしは、その目の奥にある他人事《ひとごと》のような空虚さに気づいてしまった。とりあえずこの場は妻に任せて、それらしい顔をしておこう、あとはどうぞみなさんでごゆっくり、とでも言いたげな。

まるで、いちいち母親に確認しないとなにもできない子供のような。

そして、それはかわいい花嫁を溺愛しきっているよりなお悪かった。

——わたしたちは、人が言うほど親密な兄妹ではなかった。常にベッタリだったわけでも、以心伝心だったわけでもない。

でもわたしが大学院に進みたがったとき、お兄ちゃんが学部止まりなのに、と渋る両親を一蹴したのは兄自身だった。母の過干渉を訴えても「そんなことを言うもんじゃない」で済ませる父とは違い、ちゃんとこちらの言い分も聞いてくれた。なかなか帰省しない理由は仕事と猫アレルギーだけじゃないと気づいていても、だれにも伝えずにいてくれた。

いまどき男を立てる女なんて、流行《はや》らない。志穂子は好きにやればいいよ。

式場の人が呼びに来るまで、わたしは黙ってシャンデリアを見上げていた。

しょうがない。そりゃそうだ、たぶんこれが恋愛、そして結婚というものなのだ。とにかくこの日さえ乗り切れば、彼らに会う機会もあまりなくなる。こんな思いは二度としなくて済むだろう。そう、自分に言い聞かせた。

たった二か月でこんなことになるとは、夢にも思っていなかった。

手でぎゅうっとまぶたを押すと、白いぐねぐねが万華鏡のように勢いよく回った。ますます強く押すと、今度は赤や緑の小さな火花がちらつく。毛細血管に負担がかかっているのかもしれない、と思って手を放すとそれはしだいに引いていき、やがてぼんやりした靄《もや》になった。

目を閉じても視覚がなくなるんじゃない、まぶたの裏が見えるだけなんだな。当然のことを考えて、そのしょうもなさにちょっと笑った。

笑った拍子に、押し込めていた気持ちがじわりと目の縁をつたってにじみ出た。

――はやくここを出たい。

※

まんなかの縦線を挟んで左が赤、右が緑。それぞれに、大小の二重丸がひとつずつと数字がふたつずつ。大きい二重丸はなんとなく、フクロウとかハゲタカの眼球に似ている。それと目を合わせ、どちらがはっきり見えますか、という質問に、赤か緑と答える。

視力検査のひとコマ、十秒もかからない簡単なそれが、小さいころのわたしは苦手だった。どちらかを選んだとたん、答えなかったほうの色がぐんと濃く、はっきりとせり出してくる気がする。そして終わってからもずっと、間違えたんじゃないかと落ち着かないのだ。

大人になって、いろいろあって答えさせる側に回り、いまはもうあれの意味も、どう答えてもじつはそんなに問題じゃないことも知っている。それでもまだ、あのときの不安を笑い飛ばせない。

九月の披露宴で、義理の妹は右奥の新郎親族席に座っていた。その鮮やかな緑の振袖から目を逸らすと、ちょうど反対側の席には留袖を着て赤い口紅をつけた母がいた。視界の右端に振袖の緑、左端には口紅の赤。その繰り返し。

はい、赤か緑、どちらか選んでください。

結婚式は灯台なんですよ、というのは、最初の打ち合わせで会ったウェディングプランナーから言われたことだ。その日があるから気持ちを新たにして門出を迎えられるし、その後の人生でどんなに迷っても初心に戻れるんです。

「だから輝かしい記憶になるように、遠慮なくご希望をおっしゃってください。恥ずかしいとか、こう思われたらどうしようとか、そんなふうにお考えになる必要はございません。もちろん、文句をつけたいだけの方はどこにでもいますけれど、そういう人たちはなにを見たって勝手なことを言うんですから。かわいそうだと思って、お気になさらなければいいんです」

丁寧な敬語のところどころに混じる不穏な単語は、せせらぎの中の砂利《じゃり》みたいに際立って聞こえた。文句をつけたいだけ、とか、なにを見たって勝手なことを、とか。

でも、式の準備中のわたしを励ましたのは実際、明るいリップサービスよりそのざらついた言葉たちのほうだった。なにか不安なことがあるたびにそれを引っ張り出して転がしていると、いけないいと知りながらも口にビー玉を含んで楽しんだ、子供のころを思い出した。

「そんなに大変なら、なんでそこまでこだわるの？」

度重なる打ち合わせに疲れたのか、温厚な夫がめずらしく、あからさまにうんざりした顔でつぶやいたことがある。

まあ、女の子だからしょうがないけど。なだめるように付け加えられた台詞はむしろ逆効果で、結婚式の準備が原因で破局するカップルもいると言われる理由がそのときわかった。やりきれないのは協力してもらえないことじゃない、自分はおまえに付き合ってやっているだけだという態度をとられることだ。そのとおりかもしれないけど、式を挙げるのはふたりで決めたことなのに。

なんでそこまでこだわるかって？

きれいだから、素敵だから、ずっと憧れていたから。むしろなんで、そんな単純な答えが許されないんだろう。夫だけの問題じゃない。わたしはそれに興味がある、あなたはない、それだけの話なのに、どうしてなにかを素敵だと思うことで白い目で見《み》られ、人として下に扱っていいようにみなされるんだろう。夢に心を砕くわたしは見栄《え》っ張りで底が浅く、ただ無関心なだけのほうが立派だとでも言いたげにされるんだろう。それが大袈裟なら、そのほうが「いまどき」だとでも。

「やるからにはちゃんとしたいもん。一生に一度の親孝行でもあるし」

なんとか笑顔で答えると、いちおう納得してくれたみたいだった。

決めるべきことは無限にあった。時季や会場から始まり、何度も試着したドレス、それに合わせて発注したブーケ、コース料理にスイーツ、テーブルコーディネート、状況に応じて流す感情を揺さぶる音楽、ゲストの人選と席次。一生分の決断をしたんじゃないかと思う。そして、それだけ神経を使ってなんとか乗り切ったにもかかわらず、あらためて写真を見るとまだ考えてしまう。このときのわたしは、まわりからどう見えていたんだろう。新郎新婦入場、誓いの言葉、ウェディングケーキ入刀、お色直し。そして披露宴の終盤、母親にサプライズで読んだ感謝の手紙。

『これまでお世話になったお母様に、ご新婦様からお手紙のプレゼントです！』

遠くに住んでいて打ち合わせが難しいという理由で、それまでできるだけ、母親の関わりそうな演出を避けていた。人前式の会場には夫と並んで入ったし、お色直しで中座するときのエスコートも理恵に頼んだ。本人からもきつく言われていたのだ。どうしようがあんたの勝手やけど、あんまり悪趣味なことに巻き込まんといてよ。

ホテルで二番目に大きな会場だったから、高砂《たかさご》から反対側の壁際までは、ちょっとした河の対岸くらい離れていた。いきなりスポットライトにさらされた母はビールでも飲んだらしく目の縁がうっすら赤く、足元もおぼつかなかったけど、それも手伝ってかよくわからない様子のまま、とりあえずスタッフに誘導されて所定の位置に立ってくれた。

わたしは顔を上げないようにしながら便箋を開き、夫が口元に掲げ持ってくれたマイクで手紙を読んだ。

『お母さんへ。まずは、驚かせてごめんなさい。恥ずかしがり屋なお母さんのことだから、事前に伝えたら嫌がるかと思って秘密にしていました』

ようやく母が眉をひそめた。

でも、不機嫌な仏頂面も照れ隠しに見えるくらいには抑えられていて、そのおかげで、もの言いたげに睨《にら》まれても目を逸らせばなんとか受け流せた。世間体を気にする人だから、いったん注目を集めてしまえば下手《へた》なことはされない。もちろんわかってはいたけど、いざ的中するとむしろ物悲しい気持ちになった。

『最初にお願いするけど、いくら国語の先生だからってこの手紙を添削しないでね』

笑いが起こったけど、本心だった。小二の娘が何時間もかけて書いた似顔絵付きの手紙を、赤だけ入れてたった十五分で返してきた人だ。返事がもらえたのかとドキドキしながら開くと漢字の間違いやてにをはの使い方、句読点の打ち方まで細かく訂正されていて、個人的なメッセージは「見直しはきちんとすること」の一言だった。

今回の手紙は、仕事柄ビジネスメールや書類づくりが得意な理恵に相談しながら書いた。まだ直すの、と呆れられるくらい何度もしつこく確認をとった。言葉遣いはもちろん、内容も。言いづらいことはぼかしてもいいけど、嘘っぽくならないように踏み込むところは踏み込んで。社交辞令しか言わないなら書かないほうがマシ。多少悪いことでも大丈夫、それがあったからいまがある、っていう流れに持っていくと、むしろ真実味が出るから。

『きょうという日を迎えることができたのも、二十七年間、教師として働きながら女手ひとつで育ててくれた、お母さんのおかげです。だけど、ごめんなさい。中学生になってお母さんのいる学校に通うことになったとき、はじめは正直、嫌でした。つらいことも、なかったとは言えません』

それが本当だったことを実感したのは、実際に朗読している最中だったかもしれない。注意深く選んだ言葉は雪のように降り積もり、過去の記憶を思い出として平等に覆ってくれた。ほかの先生たちから当然勉強ができると期待されていて、勝手にがっかりされたこと。がんばっていい成績をとっても同級生から「親が教師だといいね」とカンニング扱いされたこと。母の口癖の物真似で、部活の先輩たちにからかわれたこと。

『でも、中学三年生の夏休み明け、お母さんのクラスの子から「桜木先生のおかげで人生が変わった」とお礼を言われたことは忘れられません。わたしの知らない、教師としてのお母さんの偉大さを実感した出来事でした』

いいお母さんがいて幸せだね。

廊下でそう声をかけてきた、あの子の笑顔も白く覆われる。

家庭環境を理由にほとんど不登校だった子で、担任になってからというもの、母は彼女のケアのために走り回ってばかりいた。何度も面談をして、家出したらしいと聞けばすぐさま街に探しに行き、電話番号まで教えて、土日も深夜もおかまいなしの連絡に何時間でも付き合った。なんでそこまですんの、と訊くと「仕事やもの」の一言で、わたしが黙って見つめると「じゃ、仕事辞めてふたりで飢え死にする？」と怒られて終わりだった。

――先生でよければ、いつでも話聞くから。

そんな声を背中で聞きながら、わたしは自分の部屋に戻ってひとり進路希望票を書き、申込期限の過ぎた夏期講習のパンフレットを捨てた。

晴れやかな笑顔の同級生に内心で答えた。親身にもなるよ、あなたの面倒を見ればお金が出るからね。結局わたしは受験に失敗し、答案用紙に名前を書けば受かると噂《うわさ》されていた女子高に入学した。彼女のほうは猛勉強で巻き返した結果、地元の進学校に合格したらしい。

『強くてしっかり者のお母さんにとって、正反対の性格のわたしは決して扱いやすい娘ではなかったでしょう。期待に応えられなかった記憶ばかりが残っています。中でも後悔しているのは、お母さんにほとんど相談しないまま上京してしまったことです。さびしい思いをさせて本当にごめんなさい。でも——』

そこで、ちょっと間を置いた。

頭を使うのが苦手なわたしは、もちろん将棋やチェスもできない。でも、王手、とか、チェックメイト、とか言いながら駒《こま》を動かすとき、人はきっとこんな気分に違いない。

『東京に出てきたおかげで、晴彦さんに巡り会うことができました』

これでもう、だれもわたしを責められないだろう。

『だから安心して、これからは自分の幸せを第一に考えてください。そしていままで以上に仕事に打ち込んで、たくさんの生徒を笑顔にしてあげてください。長いあいだ、お世話になりました』

ちらほらと気の早い拍手が聞こえ、すみません続きます、と断ると、笑い声が上がった。

その場にいるすべての人が、わたしを優しい目で見守っている気がした。少なくとも、そうであるべき空間だった。そんなこと、きっともう二度とない。だからこそ、そこでやりきらなくてはいけなかった。

『晴彦さんのお父様、お母様。おふたりは、わたしの理想のご夫婦です。力強く家族を支えるお父様と、明るい太陽のようなお母様。そんなおうちで育てられた晴彦さんだからこそ、わたしはこの人と家族になりたいと確信できたのです』

よっ、とだれかが茶々を入れた。酔っぱらった新郎側の友達だろう。

『もしかしたら、優秀な志穂子さんと同い年とは思えない頼りないわたしを、おふたりが物足りなく感じることもあるかもしれません』

「そんなことないよーっ！」

酒焼けした声で、まただれかが叫んだ。

感極まっているふりをしながら、わたしは手紙に顔をうずめるように朗読を続けた。

マイクは緊張からくる声のかすれや震えをはっきりと拡散し、まるで孝行娘が涙をこらえているみたいに演出してくれた。こんな健気な姿を見て味方をしないなんて、ましてや白い目を注ぐなんて、血が通っていないのと同じことだった。

『ですが、これからはお母様を見習い、わたしなりに精いっぱい晴彦さんのことを支えていきます。どうかこの家の新しい一員として、あたたかく迎えてやってください。末永く、よろしくお願いいたします』

日付と名前で結んで頭を下げると、今度こそ会場が拍手に包まれた。

手を叩く音と最高潮のBGMが波のように押し寄せ、まともに耳が聞こえなかった。顔を上げても、集中するライトで視界が白くまたたいてなにもわからない。はじめてスキーに行ったとき、ゲレンデが急に吹雪《ふぶ》いて遭難しかけたことを思い出した。まぶしさで自然と涙がにじんだけど、わたしは夫が横から差し出すハンカチに気づかないふりをして、濡《ぬ》れた頬を人目にさらしておいた。

この日を灯台にしよう、と決めた。

過去は真っ白になり、未来でなにがあってもここに戻れば迷わない。きっと大丈夫、これからはなにもかもうまくいく。そう、自分に言い聞かせた。

たった二か月でこんなことになるとは、夢にも思っていなかった。

冷え取りに効果的だというルピシアのハーブティーを飲みながら、リビングのパソコンで年賀状のデザインを作る。画像編集ソフトをふつうに使うわたしを見たとき、夫は意外そうにしていた。こんなこともできないと思われていたんだな、と知って、なんだか誇らしいより申し訳ない気がした。

『このたび、私たちは結婚いたしました
まだまだ未熟なふたりですが、力を合わせて人生を歩んでいきます
お近くにお越しの際には、ぜひ新居にもお立ち寄りください』

テンプレートから引用した挨拶文に、住所と自宅の電話番号を添える。写真は、たくさんは使わない。はしゃぎすぎていない、べたべたしていない、でもなるべく幸せそうなものを一枚だけ。だれからも受け入れてもらえるように。揚げ足をとられないように。

両親が教師だったから、子供のころからうちには毎年、元教え子からの年賀状が大量に届いていた。去年卒業したばかりの人もいれば、新任で受け持って以来ずっと連絡が来るという古株もいた。そしてもちろん、中には結婚や出産の報告もあった。

母とふたり暮らしになったら当然その量は半分になって、でも、変化はそれだけじゃなかった。娘のことは二の次で生徒と向き合っていたはずの母は、それを一枚一枚

めくりながらいちいち悪態をつくようになったのだ。子供欲しくてもできん人がいるとか考えないのかね、とか、べたべたくっついてるとこ見せつけて恥ずかしくないのが理解できんわ、とか。

いったん文面を保存して、今度は住所録ソフトを立ち上げる。結婚式の招待状を出したときのデータを年賀状用に作り替えるのだ。アイウエオ順にソートした一覧を上から確認していくと、すぐに義理の妹の名前が出てきた。ひとまずそのままにしておく。

彼女はいつまでうちにいるつもりだろう。年賀状を受け取るころには、ここにある住所に戻っていてくれればいいけど。仏頂面で現れるなり、お金のことなんか持ち出して。そんなの、夫の前では遠慮するしかないのがなんでわからないんだろう。

その上「男だと思ってください」――わたしは昔から、自分のことを「男っぽい」とか「男みたい」と喩《たと》える女の人を信じられない。謙遜のつもりならどうしてそういう言い方になるのかわからないし、ほとんどの場合、なんだか見下されている気分になる。うまく説明できないから、だれにも言ったことはないのだけど。

ぽん、と両手で頬を叩き、パソコンに意識を戻した。

ひととおり不要な住所を削除してから、送り先を追加する。いろいろな事情で式には呼べなかった、かつての友人や恩師、遠縁の親戚。かならずしも住所がわからなくていい。いまはSNSで勤務先を公開している人も少なくないし、ましてや相手が公立学校の教職員なら、異動の情報が地方新聞に載る。教頭や校長クラスになれば、それをネットで閲覧することさえできた。

たとえそれが、遠く離れたわたしの故郷のものでも。

手紙で触れなかった部分に、母は気がついただろう。ゲストも勘のいい人であれば疑問に思ったかもしれない。光を当てなかったところは、そのぶんだけ影が濃くなる。

――お父さん。

ふいに廊下から、お風呂上がりらしい夫の声が聞こえた。

だれと話しているかなんて、もちろん考えるまでもない。気のせいかわたしと話すときよりも声が低く、口調もぶっきらぼうで子供っぽかった。だけど、そのぶん心安くて親しげな印象を与える。まるで同性同士のような。

じっとしていると耳を澄ましてしまいそうだった。作業を続けながらイヤホンをつけ、パソコンに接続して、結婚式のBGM用に作ったプレイリストをシャッフルで再生する。

披露宴の入場に使った、好きなアーティストの一番好きな曲が流れだした。たったそれだけのことに励まされて、少しずつボリュームを上げていく。君に出会う前の僕がなにをしていたか、もう曖昧で思い出せない。君と出会えた奇跡を歌いたい。その歌はやがて新鮮さをなくしたとしても、少しずつ意味を変えて響きつづけるだろう。だからもっと輝く未来へと一緒に歩いていこう。人によっては鼻白むかもしれないストレートな歌詞だけど、軽やかな曲調と穏やかな男性ボーカルの声のおかげですんなりと耳になじんでくる。こういうこともありえるのかもしれないと、素直に思える。

今回のこともいつか、これがあったからいまがある、と振り返れますように。

たとえ口先だけでも。

気がつくと、わたしは手を止めていた。明るい未来を誓う言葉が全身に行きわたり、細胞のひとつひとつに染み込むまで。都合の悪い声がなにも聞こえなくなるまで、嫌な予感がすべて塗りつぶされるまで、目を閉じてじっと待っていた。

✽

食堂の奥に置かれたテレビが、昼の情報番組から見覚えのあるCMに切り替わる。距離が遠いから音までは聞こえないけど、聞くまでもない。

歌劇団出身の背の高い女優が、マニッシュなパンツスーツを着て髪をまとめ、緑色のパッケージの野菜ジュースを片手に持って大股で歩いてくる。緑のアイラインで強調した切れ長の目でななめから視線を流し、太い声で「きりっと喉越しフレッシュグリーン」。次の瞬間、同じ女優が今度はふわふわの巻き髪、ピンクのツインニットにベージュのスカートという姿で座っている。両手持ちしたジュースのパッケージは赤。ピンクのシャドウがまるく縁取った目でこちらを見上げ、甘い声で「胸キュン風味のスイートルビー」。最後に画面が二分割され、女優の顔がそれぞれに現れる。

——赤と緑は、どちらがお好き?

「どうかした？　今村さん」

向かいの席の山下《やました》さんが身をよじったタイミングで、ちょうどテレビの画面がワゴン車のCMに変わった。内心ほっとしつつ「いえ、なんでもありません」と答える。

営業部の報告によると、あの商品は目立った数字こそ上げていないけれど、メインのターゲット層である若い女性による満足感が高いというデータが出ているそうだ。

もちろん、そのことは素直に嬉しい。ただ、いったいどれだけの人がわたしたちの努力、過大広告にならずに「おいしく栄養」「無添加」「きりっと喉越し」「スイート」と売り出せるまでに至る、地道な行程に思いを馳《は》せるんだろう。正反対の印象をつけるイメージ戦略、キャッチフレーズにパッケージデザイン、とくに同性からの好感度が高い女優の起用。そういうものがなくても中身だけで目に留めてくれる人は、多少なりともいるんだろうか。

でも、そんなことを言っていてもしかたがない。

それに、売れることだけがすべてじゃない。何度も自分に言い聞かせたことをまた内心で繰り返し、わたしはクリームコロッケをつついた。社員食堂の揚げ物はきょうも、霧吹きでなにかを吹きつけたように衣がしっとりしている。

「にしても、ほんとお兄さんと仲いいよね。同じ大学の同じ学部に行くくらいだし」

「だからそれは」

説明しようとしても言葉が続かず、結局「偶然ですって」とだけ答えてひじきを嚙《か》んだ。さっきから、山下さんはなにかと兄のことを口にする。午前中の話がよほど引っかかっているらしい。

いまのチームに配属されてから、偶然にも女ひとり、しかも最年少ということもあって、同僚のおじさんたちに「最近どう、なにかおもしろいことあった?」と世間話を振られる機会が多い。社宅での事件があってからはそれが「最近どう、なにか怖い目に遭ってない?」に変わった。隠すことでもないので兄夫婦と同居を始めたことを報告すると、だれかが「今村さんにもかわいいとこがあるんだね」とつぶやき、山下さんを含む全員が同意した。文脈がつながらない気がしたので「なにがですか」と訊《たず》ねると、いざというときにお兄さんを頼るなんて、という、答えにならない答えが返ってきた。早くちゃんと守ってくれる男を見つけなさいよ、とも。

「ちょっと、妬けちゃうな」

わかりやすすぎる釣り糸を垂らされて沈黙していると、あ、いやそういうんじゃなくて、と山下さんは困ったように笑った。そんな表情をすると下がり眉が強調され、「くまのプーさん」のイーヨーみたいに見える。

この手のタイプは大学院にもたくさんいた。春の野原さながらのぼさっとした髪、本当に伝える気があるのか疑わしくなる不明瞭な口調、俗世間へのなじまなさをことさらアピールする猫背。研究に没頭するあまり容姿にこだわる時間が惜しい気持ちもわかるとはいえ、ああも似通っているともはや「理系男子」というコスプレに思えた。ただ、大雑把に分類すれば当然兄と同じ系統になるので、初対面のときからわたしは二期先輩の山下さんにわりと親近感を持っていた。

それがいけなかったんだろうか。ロバに似ている彼を中身も草食だと勝手に思っていたら、どうも見込みが違ったらしい。

「兄妹仲がよくて、うらやましいなと思って。俺はひとりっ子だからさ」

これはもう、やはりそういうことだろう。

空き巣に遭ってからというもの、山下さんはやたらと個人的に連絡をくれたり、退勤の時間を合わせたがったりする。居候《いそうろう》を始めてからの憂鬱のひとつは、帰りに彼と同じ方面の電車に乗らなくてはいけなくなったことだ。そこで食事に誘われることも多く、かわし方を考えていると頭を使う。相手が先に降りることだけが救いだ。

不器用でわかりやすい彼の言動はまわりにとって格好の娯楽なのか、最近こうしてふたりきりになる機会も妙に多い。でも、わたしは彼とそういう関係にできるだけ、というか、全然なりたくない。完全に仕事がやりづらくなるからだ。一般的に言えば職場恋愛はさほどめずらしくないらしいけど、業務を滞らせる相手に好意を持つのが妥当な選択とは思えない。

「大丈夫？」

「なにがですか？」

山下さんの天津丼《てんしんどん》はほぼ空になっている。食べ終わったなら先に戻っていいですよ、と口に出すのは失礼なことだろうか。

「いろいろと、気苦労も多いんじゃない？　みんなはあんな言い方してたけど、大事なお兄さんの奥さんと同居しないといけないなんてさ。複雑な気持ちになっても当然だよ」

「それは関係ないですけど」

本音なのに、なぜか言い訳がましくなった。

それにしても、男の人は女同士を喧嘩させるのが好きらしい。たとえばうちのチームのおじさんたちがいい例だ。休憩中に女の園と言われる秘書課の人間関係について噂するとき、怖い怖い、と震えてみせながらも目は輝いている。

さっきもそうだ。義理のお姉さんとは仲いいの、と訊かれたから「いやべつに」と素直に答えただけなのに、彼らは罠《わな》にかかったネズミに跳びかかる猫のごとく、こちらがたじろぐほどの勢いでいっせいに身を乗り出してきた。

「駄目だよーそんなこと言っちゃあ!」

「新婚家庭に快く迎え入れてくれる奥さんなんて貴重だよ、絶滅危惧種だよ?」

「妬けるのはわかるけど、今村さんがお兄さんと結婚するわけにはいかないんだから」

わたしには杏梨の言動が、わたしのことも、兄のことさえも通り越して、こうして見知らぬおじさんたちに褒められるためのものなんじゃないかという気がしてきた。

——昔からああやねん。お姫様気質で。

杏梨のお母さんにそう言われたことを、なぜだか思い出していた。

せっかくのフレンチも砂を嚙むようだった披露宴の最中、定番のラブソングやディズニーメドレーばかりだったBGMの雰囲気がふいに変わった瞬間があった。妙に耳なじみがいいと思ったらそれはわたしが高校時代に好きだったバンドの曲で、しかも世間的に有名なヒットソングではなく、コアなファンから隠れた名作と評されるアルバム収録曲だった。かく言うわたし自身その「コアなファン」のひとりで、当時大学に入ったばかりの兄と、研究室の同期だったその友達、そしてわたしの三人で、電車を乗り継いで横浜まで野外ステージを見に行ったこともある。兄とは親友だったはずのその人は、披露宴には出席していなかった。

母の反対を押し切って行った甲斐のある、ある意味ですごいライブだった。途中でレインコートが役に立たないほどのどしゃ降りになり、雷で演奏も歓声もかき消され、ギタリストのギターが駄目になってソロプレイが何曲分か飛んだ。ボーカルのマイクも何本も壊れては交換しつづけたのでしまいには予備すらなくなって、アンコールでは観客みんなで曲の大サビを合唱した。最悪のコンディションにもかかわらず奇妙な高揚感と一体感があって、そのライブは後々まで「伝説」として語り継がれたらしい。

杏梨の趣味とは思えないから、兄の選曲なんだろう。

そう気がついた瞬間、なぜかその歌を聞きつづけていられなくなった。

そしてひそかに席を立ってトイレに駆け込んだ、ちょうどそのタイミングで個室から杏梨のお母さんが出てきた。ああどうも、と彼女はそっけなく会釈《えしゃく》して、動揺するわたしを後目に手を洗いだした。そして、こちらに顔も向けずにつぶやいた。

「堪忍《かんにん》ね、さっきは」

「え？」

「うちのが、変な空気にしてもうて」

「ああ、いえ、そんな」

そういえば彼女はあの控室で、娘を囲む円の中にはいなかった。

さっきまでの母に対する態度とはまるで違う、ぶっきらぼうな調子だった。ただ、それが悪感情からくるものではないことはなんとなく察せられた。とはいえどうして急に距離を縮められたのかまではわからず戸惑っていると、彼女はふいに鏡の中で顔を上げた。

「いろいろ言って聞かせたんやけど、あかんかったわ。ずっと甘えたのままで」

「……はあ」

「ええ大人が、あたし弱いから守ってね、なんていつまでも言うてたって始まらんわ。結局は、自分がしっかりしてへんとなあ?」

彼女は十年以上前に離婚して、働きながら娘を育てたらしい。うちの母とは対照的に痩せぎすで、とりわけ襟元から覗く首筋は鶏《とり》ガラのようだった。その首と強い目鼻立ちとの対比がどこかアンバランスで、見ていると心がざわついた。

鏡越しの視線にどう答えていいかわからないまま、曖昧にうなずいて個室に入った。扉にもたれて深く息を吐きながら、もしかして慰めてくれたんだろうか、とそこでようやく気がつき、そして、きっと自分の母のようにはならないだろうわたしは、何十年かしたら杏梨のお母さんみたいになるのかな、としばらくぼんやり考えていた。娘が涙ながらに読む手紙にも顔色ひとつ変えなかった、「強くてしっかり者」のお母さん。

「心配だな。今村さん我慢強いし、無理してるんじゃないかって」

おじさんたちに諭されて沈黙したわたしを、山下さんが妙に凝視していることには気がついていた。なるほど、今度はそこを攻めることにしたらしい。空き巣でも兄嫁への嫉妬でも、要はなんだっていいのだ。「今村さんのほんとはかわいい部分」でさえあれば。

そんなふうに考えること自体がかわいくないのは、重々承知している。

「大丈夫、息苦しい思いしてない？」

無邪気すぎる質問に苦笑した。息苦しい思い？　もちろん、している。

夜中、慣れない和式布団のせいか、ふっと目が覚めることがある。あたりは静まり返っていて、落ち着かない気持ちで横を見ると、つけていたはずのイヤホンが寝返りの拍子に外れている。あわててつけ直して音量を一段階上げ、呼吸を数えつつ目を閉じる。トイレに行きたいかも、という欲求が下腹部までこみ上げてきていても、がんばって無視する。

土曜の中途半端な時刻に、兄夫婦とリビングで鉢合わせする。ふいに兄が「あの漫画の最新刊買ったよ」とつぶやき、なりゆき上「貸して」と言うと「本棚」と返される。持ってきてとも入りたくないとも言えない。しかたなく夫婦の寝室で、なるべくほかの場所を目に入れないようにしながら本棚を漁《あさ》る。杏梨はずっと台所にいるけど、一瞬垣間見《かいまみ》えたその表情を思い返すと、もう漫画なんか読む気分じゃなくなっている。寝そべって本を読みながら、家族に新しく事件が起こって、みんなわたしのことなんかどうでもよくならないかな、と夢想してみる。空き巣なんて記憶から吹っ飛ぶ、でも深刻さのないこと。たとえばなにかの出現。猫じゃもう力不足だ。犬も鳥も猫と相容《あい》れないから無理。なら赤ん坊はどうだろう——そこまで考えて、ぎょっとする。無意味に本を音読したり、床に転がりながら「ああああ」とうめいてみたりする。

そして、ひとりで隣を気にして声をひそめる。

兄夫婦の寝室と自分の部屋を隔てる壁に、わたしは手も触れたことがない。

「いや、平気ですよ」

「ほんと、しっかり者だよね」

山下さんが感心したように、でもややがっかりしたように、どんぶり越しに微笑んだ。そう評されるのは慣れている。だけど、いざ面と向かって言われると、いまだにどう答えるべきかわからない。

十歳で初潮を迎えたときも、だれにも言わず母の生理用品で処理をした。女子高生ばかり狙う痴漢に電車で目をつけられたときも、大学時代にバイト先の学習塾でパワハラを受けたときも、社宅への引っ越しで業者にぼったくられかけたときも、すべて自分でなんとかしてきた。闇雲にまわりに心配をかけるより、そのほうが性に合っていた。

それを「しっかり者」というのなら、そうなのかもしれない。志穂子は強いから、あたしの気持ちなんかわかんないよ。実際、そんなふうに言って離れていった友達もいる。

だけどわたしにしてみれば、杏梨のほうがよほどしっかり者に思える。

「そろそろ行きましょうか」

結局、答える代わりにトレイを持って立ち上がった。壁の時計を見ると午後の始業十分前で、いつのまにか人気《ひとけ》のなくなった食堂に、テレビの音がうっすらと響きだしていた。

＊

あ、と思わず声が漏れた。

共用の休憩室は狭いから、小さなボリュームでも響いてしまう。案の定、向かいの席にいた年上のパートさんが「どうかした？」と耳ざとく顔を上げた。

「なんでもないです。ちょっとお弁当の味付け、濃くしすぎちゃって」

「あら、それも作ったの？」

「夫のついでですから」

笑顔で答えながら、まずいな、と身じろぎをする。いつもは交代でとるお昼休みのタイミングが、きょうにかぎって話の長い人と重なってしまった。しかも隣には彼女と仲のいい、同じビル内にある別の店舗のパートさんも座っている。

亀のように首を伸ばしてお弁当箱を覗く視線を感じつつ、予定より早い、と思った。

周期が乱れるなんてめずらしいのに。更衣室に置いたポーチに予備はまだあったっけ、なければ急いで地下一階のドラッグストアまで買いに行かないと。わたしが働く眼鏡店はビルの九階、更衣室と休憩室があるのは四階だから、急がないと午後の勤務に間に合わない。

「この子ね、新婚なんだけど、すごくがんばり屋さんなのよ」

わたしの焦りなどもちろん知らず、向かい側ではのんきな会話が続いていた。

「毎日旦那さんにお弁当作ってあげて、しかも冷凍食品やできあいのお惣菜《そうざい》は使わないんですって。もちろん朝も夜も作って、仕事が休みの日にはお姑さんにお料理を習いに行ったり……そうそう、たしかパン教室にも行ってるのよね？　で、おうちで焼いて食べさせてあげてるの」

訊かれてちょっと答えただけのことを、よくそんなに覚えているものだ。なんだかわたしが自分でアピールしたような感じになるからやめてほしい。予想どおり、新婚数か月にしてとっくに聞き飽きた反応が返ってきた。

「あら、いまどき甲斐甲斐しい。旦那さんがよっぽど亭主関白なの？」

「そんなことないですよ。パン教室も友達に誘われただけですし」

好きでやってる、と言うといい子ぶっていると思われそうで、いつも返事に困る。

「いまは新婚だからいいけど、ちょっとは手を抜いたほうがいいわよ」

「そうそう、ぜんぶ完璧にやろうとすると、大変だし体がもたないし」

「なんでもやってあげてるとそれが当たり前になってきちゃうから」

「専業主婦でもあるまいし、いまどき内助の功なんて流行らないわよー」

それぞれに夫と子供を持つ彼女たちは、口々に言って心配そうに眉を下げた。でも口角が上がるのを抑えられていないから、結果、福笑いみたいな顔になる。あははは、と愛想笑いをしながら、わたしの表情もこんなふうにとっちらかって見えるのかなと不安になった。

いまどき甲斐甲斐しい、いまどき感心、いまどき流行らない。職場の女性陣はよくこういう言い方をする。この人たちだけじゃない、独身の正社員からアルバイトの大学生まで。夫の嫌いな食べ物の一覧表を冷蔵庫の脇に貼っているとか、ワイシャツのアイロンがけはクリーニング代がもったいないからうちでするとか、その程度の話をしただけで。家に帰りたい、早くまた会いたい、と思われる、少なくとも逆にならない努力をすることに、時代は関係ないはずなのに。

その言葉を使いたいためにこちらのプライベートをいちいち探ってくる、彼女たちのほうは「いまどき」の人間なんだろうか。

「子供ができたらね、予定どおりに進むことばっかりじゃなくなるから」

そのフレーズが出てくると、わたしは口をつぐむしかない。

「ご心配ありがとうございます。大丈夫です」

ちょっとくらい鈍感なほうが生きやすい。公務員との結婚が決まったとき、更衣室でひそかに交わされたわたしへの評価が「うまくやったわね」だったことは知っている。さっさと出て行こうと決めて黙ってお箸を動かした。さっきまで無遠慮な目にさらされていた鱈《たら》のチリソース炒めは、お弁当箱の隅ですっかり冷えて縮こまっている。

「この女優さん、ずーっときれいよね」

いつしか彼女たちの意識は、つけっぱなしの小さなテレビへと移行していた。

最近たまに見かける野菜ジュースのCMが流れていて、好感度調査や「理想の女性像」アンケートでよく上位にランクインする女優が笑顔で決めポーズをとっている。最後に出てきた会社名のロゴマークは、義理の妹の勤務先のそれだった。

夫の妹――小姑を同居させていると知ったら、ここにいる人たちはどんな反応をするんだろう。やっぱり福笑いみたいな表情で、いまどき感心ね、と言うんだろうか。

「もう四十過ぎてるはずだけど」

「そりゃ独身だと違うわよ、自分のためだけにお金使えるし」

彼女たちの手元にも、おにぎりやサンドイッチと一緒に野菜ジュースの紙パックが置かれていた。さっき宣伝されていた商品とは違う、よく地下のドラッグストアでまとめ売りしている一般的なものだけれど。

わたしは、市販の野菜ジュース自体を否定したいわけじゃない。料理が苦手だったり時間に余裕がなかったりする人にとっては、たしかに便利なものなんだろう。ただ、それこそが「いまどき」だとでも言いたそうにするのをやめてほしいだけだ。

「この人も、最近いろいろ噂があるわよね。セクハラとか事務所トラブルとか」

「女ひとりで生きていくとなると大変なんでしょうよ」

「ましてや芸能人だものねー。一皮むいたら泥沼になってそう」

つまみあげようとした鱈の身が、お箸の先でばらりとほぐれて赤くお米を汚した。それを見た瞬間、どうにか奮い立たせていた食欲が完全に失《う》せてしまった。

中身を半分残してお弁当をしまい、ひとりで女子更衣室に戻った。ロッカーにしまっておいたポーチを開けると、歯磨きセットや替えのストッキングに混じって生理用品がまだひとつ残っている。ひとまずほっとした。たまにここで「急にアレが来ちゃって、持ってませんか？」なんて堂々と訊いて回る人を見かけるけれど、わたしには信じられない。それくらいなら男性の社員に耳打ちして職場を抜けさせてもらい、生理用品を買いにドラッグストアへ走るほうがよっぽど気楽だ。

　上京したばかりのころ、病院で受付のアルバイトをしたことがある。女だらけの職場で、人間関係は最悪だった。自分以外はみんな使えないと決めてかかってささくれ立つお局《つぼね》様、やる気のなさを隠そうともしない学生バイト、手よりも先に口を動かして噂話ばかりしているパートのおばさんたち。お局様はこちらがなにをしてもしなくても文句をつけ、学歴だけがとりえの女子大生はそれをかさに着て人のちょっとしたミスをせせら笑い、おばさんたちはだれかひとりが席を外すと別のだれかがいなくなった相手を悪く言った。わたしが不在じゃなくても遠回しに言われたのは、どうせ気づかないと思われていたせいかもしれない。関西弁がかわいい、癒《いや》される、と患者さんに連絡先を訊かれたり長話に付き合わされたりしたあと放たれる「経験豊富な子は違うよねー」というのがそれで、以来わたしはどこの職場でも方言を使わないようにしている。

　でも、辞めると決めたきっかけはそのどれでもない。生理の周期を読み間違えて、制服と椅子を汚してしまったことだ。

　患者さんの応対をしようと立ち上がった矢先にだれかから肩をつかまれ、ねえ、と座っていた椅子を指さされたとき、わたしはその場で硬直した。そして自分がしてしまったことが理解できるにつれ、足元から体が凍っていくみたいにさーっと感覚が遠のいていった。もちろんまだ慣れていない小中学生のころ、似たような失敗をしたことはある。でも、いい大人になってからのそれは意味が違った。絶対に、あってはならないことだった。

次の瞬間、ふだんは不仲な同僚たちがたちまち一丸になった。

いつも腰の重い女子大生がすかさず代わりに窓口に向かい、まともに口をきいたこともなかった無愛想な正職員がさっと生理用品を握らせてきた。赤黒く汚れた椅子は何人かの手で回収された。わたしは汚れが後ろから見えないよう、お局様にぴったり付き添われながらトイレに連行され、個室にこもっているあいだにどこからか予備の制服が用意された。

すべてが終わったあと、必死で謝るわたしにみんなが口を揃えて言った。いいのよ、だれにでもあることだもの、ましてや女同士じゃないの。まんざら皮肉でもなさそうな彼女たちの顔を見て、やっと体に血が巡って燃えるように耳が熱くなった。

感動したからじゃない。むしろ、逆だ。決していい関係とは言えない相手、しかも大勢にそれを見られたこと、あまつさえひとりでなにもできずに子供のように庇《かば》われたことで、わたしは消えてしまいたいほど恥ずかしく、心もとない気持ちになっていた。みんなが見ている中で急所のしっぽをぎゅっと握られ、宙ぶらりんにされた猫みたいに。

いまの制服は黒いタイトスカートなので、その点まだ気が楽ではあった。

さりげない早足で女子トイレに向かいながら、ふと気づく。そういえば志穂子はうちに居候を始めてからというもの、生理の気配をまるで見せない。布団やトイレを汚すような粗相をしないのはもちろんのこと、生理用品のたぐいも残していない。

——あたしのことは男だと思ってください。

スカートの下で、また嫌な感触があった。

自分にそんなものはないとでも言いたげな志穂子からすれば、きっといちいち意識するほうがおかしく見えるんだろう。彼女は知らない、わたしがどんなにそれに注意を払って生活しているか。自分のサイクルを把握して、迫っている期限を逆算して、そういうことがどんなに神経をゆるやかに削っていくか。なにも悪いことはしていないのに、それどころか自分の体に頓着しないことのほうが悪いとされているはずなのに、その存在が外に漏れてしまったが最後、どんなに情けない気持ちになるか。

志穂子はそれを知らないし、きっとわかろうともしない。

——そら、いらんやろうね。処女なんやもん。

赤黒いものが、ごぼっと音を立てながら心のひだからこぼれ出た。

✽

終電の時刻を過ぎると、駅前のファミレスにはとたんにのびのびした空気が充満する。

帰らなくていいという開き直り、またはいつでも帰れるという油断がそうさせるのかもしれない。自分と似たように所在なげな人がほかにいないか見渡してみたものの、みんな腰を据えてこの宙ぶらりんな時間を満喫しているらしかった。居酒屋感覚でハイボールを傾けるサラリーマン、ひとつのパフェを分け合う年の差のありそうなカップル、分厚い教科書で勉強している大学生風の男の子。なんとなく理系っぽい雰囲気の彼に共感を覚え、見るともなく眺めてしまう。大きなイヤホンをしてうつむき加減に人目を遮断しているようで、わざわざここを選ぶということは確実に人目を求めてもいるわけだ。気持ちはわからなくもない。

「ドリンクバーはあちらでございます」

このファミレスはティーバッグではなく茶葉でお茶を淹《い》れられるのが売りで、しかもかなり種類が充実している。ふだんなら直行するコーヒーマシンの前を素通りして、いくつか並んだ瓶の中から「京都産深蒸し緑茶」を選ぶ。茶こしと蓋がついた耐熱ガラスのカップに適量を落とし、お湯を注ごうとしたときふと、隣にあるソフトドリンクサーバーが視界に入った。オレンジジュース、ウーロン茶、こういう場所以外ではあまり見かけない白いアンバサ。

子供のときは、家族でファミレスに行くとよく兄と「調合ごっこ」をして遊んだ。アセロラドリンクとアイスレモンティーで強烈にすっぱいお茶を作ってしまったり、メロンソーダとカルピスを混ぜた相手の保守的な姿勢をからかったり、コーラがカレー並みにすべてのものを包括することを発見して「ノーベル賞ものだ」と目を輝かせあったりした。

瓶詰めの茶葉に意識を戻す。どれも妙に華やかな名前で、ただの緑茶や紅茶と差別化するための細やかなイメージ戦略に思わず感心した。オレンジルイボス、ストロベリーローズヒップ、本格鉄観音。少し迷ってから、一番つつましい「焙《ほう》じダージリン」の蓋を開け、緑茶の上に紅茶の葉を落とした。お湯を注ぐとほんのり淡い色がつく。まだなんとも言えないな、と立ち上った湯気を手であおぎ、匂いを確かめたところで我に返った。

席に戻ってもなんとなく落ち着かず、ひとまずスマホを手に取る。

大学同期のグループLINEで回ったという忘年会の連絡は、わたしがそこに加入していないので昨夜わざわざ幹事からメールで送られてきた。日時は再《さ》来週の金曜夜、返信期限は明日。人数の多い飲み会は結局だれとも話した実感が残らないので苦手で、ふだんは不精をしているけれど今回は出席することにした。とにかく、休日まであの部屋でだらけているのは避けたい。

母からはきょうの日中にメールが来ていた。画像添付を示すアイコンがついていて、データを開くと深皿にたっぷりよそわれたビーフシチューの写真が表示された。

『久しぶりにシチューを煮ました。来週は杏梨ちゃんと一緒に作ります。』

写真は娘に見せるためだけとは思えない気合の入った構図で、ランチョンマットやカトラリーレスト（役目のわりに大層すぎる名前だと思うのだけど、母はこの言い方を譲らない）といったテーブルコーディネートまできちんと映り込んでいる。見覚えのない皿の縁にも汚れひとつない。骨董《こっとう》市巡りを趣味のひとつにしている母が、また新品を買い足したのだろう。

来週も、ということは、父は二週連続で同じ夕飯を食べるらしい。だがまあ、それくらい些末なことだ。昔気質《かたぎ》のサラリーマンの御多分に漏れず、あの人は家の中のことに一切関与したがらない。リモコンの置き場所から子供の進路の心配まですべて母に一任し、代わりにめったなことでは文句を言わない。鬼は外、福は内ならぬ、父は外、母は内。そういう役割分担なのだ。

もちろん母に言い聞かせられるまでもなく、家族を不自由なく養って、子供をふたり大学まで、しかもひとりは院まで行かせるのは重労働だ。ただ、それでその他の面倒ごとがすべて免除になるのはある意味うらやましくもある。わたしだって、なにかに貢献するならせめて得意分野で勝負したい。仕事においても、家庭においても。

蒸らし終えた茶葉を取り出してみると、カップの中には微妙な色をした液体が残った。嫌な予感を覚えつつひと口すすってみる。なにか新商品のヒントになるかもしれない、という一抹の期待は見事に裏切られ、見た目どおりの素っ頓狂な味だった。

咳《せ》き込みながらも笑ってしまう。これだ、という気がした。

小学校に上がるか上がらないかのころ、わたしたち兄妹には、日曜日になると一緒にディズニーアニメのビデオを見る習慣があった。ビデオは父がレンタルショップで借りてくるもので、子供は集中力がないという理由で短編ばかり。しかも父は前になにを借りたかいちいち覚えていなかったので、重複もめずらしくなかった。おとなしい兄は文句ひとつ言わず、代わりにわたしが指摘すると母にたしなめられた。

ただ、悪いことばかりではなかった。我慢して同じ作品を繰り返し鑑賞するうちに、わたしはいまだに忘れがたい、お気に入りの一本を見つけた。

それはキャラクターがさまざまな職業に扮《ふん》するオムニバスに収録されていた、魔法の薬の話だった。実験室らしき場所にこもった白衣姿のミッキーマウスが、しかつめらしくいろいろな材料を混ぜて「勇気の出る薬」を調合する。この手の作品にありがちな、失敗からくるドタバタ騒ぎやどんでん返しの展開はない。スポイトを使ってひとたびその薬を浴びせれば、蜘蛛《くも》の巣にかかった蠅《はえ》はそれを断ち切って蜘蛛に返り討ちを食らわせ、窮鼠《きゅうそ》は文字どおり猫を嚙み、猫は犬を、犬は保健所職員を、徹底的に叩きのめす。いたってシンプルな話だ。

にもかかわらず、これだ、と直感した。白衣が着たかったのか、ラボという場所に憧れたのか、あやしい薬を混ぜて遊びたかったのか、正攻法では絶対に勝てない相手をやっつけたかったのか、詳細はいまとなっては不明だ。

実際に理系の大学に進んだら、まわりも大なり小なり童心を飼ったまま、体だけ育

ったような同類たちばかりだった。そこで純粋培養された結果、わたしはいまだにな
にも変わっていない。現にこうして、おいしくないどころかはっきりとまずいブレン
ド茶を調合してひとりで楽しんでいる。作ったものは責任を持って飲み干す、という
謎の義務感まで昔のままだ。
それなのに、当たり前だけど、いつまでもあのころのままではいられない。
兄と同じ大学の農学部を第一志望に選んだとき、母はこっちが驚くほど動揺してい
た。ましてや院に進むと決めたときのことなんて思い出したくもない。どんなに冷静
に説得しても母は勝手にエキサイトしていき、きっかけは忘れたけどいきなり泣き叫
びながら親不孝呼ばわりまでされて、そうなると売り言葉に買い言葉で、最終的には
一か月以上に及ぶ冷戦状態にまで発展した。重苦しい空気に耐えかねた兄が仲裁に入
らなかったら、どうなっていたかわからない。
父はといえば、ただ「お母さんを困らせるんじゃないぞ」と言うだけだった。
――来週は杏梨ちゃんと一緒に作ります。
久しぶりにいい生徒が現れた母のはりきりようは、わざわざ作り慣れたレシピを予
習するあたりからも明白だった。
並んで台所に立っていたころ、彼女はわたしをよく「我が家のミニーちゃん」と呼

んだ。くだんのビデオに収録されていた別の短編が由来で、ただ、当時見た作品がほとんどそうであったように、そのエピソードにおいてもミニーマウスはあくまで脇役だった。ケーキを焼く彼女のもとにミッキーマウスが現れ、その匂いに惹《ひ》きつけられてぜひ食べさせてほしいとせがむ。ミニーが「怠け者にはあげない」と突き放すと、彼は恋人の機嫌をとるために庭の掃除を始める。そこから始まるスラップスティックが話のメインだから、家の外で展開される大騒ぎをひとり知らない彼女はラスト近くまで出てこない。鼻歌まじりにキッチンでケーキを仕上げ、淡いピンクのクリームをかけたスポンジのてっぺんに真っ赤なドレンチェリーなんか飾っている。それも、おまじないめかして音高くキスをしてから――そのケーキも最後には意外な顚末《てんまつ》を辿《たど》るのだけど、まあ、それはそれとして。

その姿のどこが娘の呼び名にするほど強い印象を母に残したのか、かつてはよくわからなかった。どうせ食べさせるつもりだったんだろうになんで「食べたいなら言うことを聞いて」みたいな態度をとるんだろうとか、そもそもキスしたものを出されるなんて自分だったら嫌だなとか、その程度の感想しか持てなかった。とくに後者については いまだにどうかと思っている。いくら「愛情」の表明とはいえ不衛生だ。

好きな人にケーキを焼くよりも、みんなに勇気の出る薬を作りたいのです。

でも、そう言ったらいい顔をされないとわかるくらい、観察と分析ができるくらいには、そのときすでに母との距離は開いていた。

ドリンクバーを使った調合ごっこに対し、いつからか彼女は「はしたないからやめなさい」と眉をひそめるようになった。

「……あ」

やっとお茶を半分くらい飲んでカップを置いたとき、穿《は》いているズボンとソファのあいだにじわりと違和感がにじんだのがわかった。

すっかりおなじみになったとはいえ、初日の冷や汗みたいな粘着性の生々しさには毎回緊張する。バッグからポーチを出しながら、とうとう来たか、とため息をついた。

あの部屋に居候しだしてからはじめてだけど、まあ、なんとかなるだろう。

男だらけの空間で過ごして長いので、何食わぬ顔で対処することには慣れている。女同士なら気軽に生理用品を借りたり「おなか痛いんで帰るわ」と自己申告したりもできるかもしれないけど、さすがにそういうわけにもいかない。幸いあからさまなセクハラをするような人はこれまでいなかったものの、妙に気を遣われたり腫れ物に触るように接されたり、ましてや自分の苦痛を逐一表明するくらいなら、わたしにはそのぶんやりたいことがあった。

ただ、悟られないように、そんなもの来ませんという顔で振る舞えるように、という一点のためだけに、自分の周期を完璧に把握してしまったことがときどき妙に後ろめたい。

「お待たせいたしました」

ちょうどそこで、注文していた半熟卵のオムライスが運ばれてきた。

カロリーはゆうに八百超え、コレステロール値も中性脂肪値も血糖値も軒並み上昇しそうな一品だけど、裏を返せばそれこそが外食の醍醐味《だいごみ》でもある。ふわふわの卵も古風なチキンライスも見た目からしてまあ間違いなかろうという感じで、ただ個人的には、この定番料理の中毒性を高める決め手はドミグラスソースだと思っていた。野菜や肉のエキスが染み出した濃い褐色は惜しみなくたっぷりと注がれ、まるで中央に浮かぶ黄金色の卵を守るように、ぐるりとそのまわりを覆っている。

わりと好きなメニューだし、実際に何度か注文しているので、予想を裏切らない味であることは知っていた。なのにいまやどろりとしたそれを前にして、スポンジでも飲み込んだように体が内側から乾いていく。

そのことに、無性に腹が立った。なんでわたしが食欲なくさなきゃいけないんだ？

目の前のドミグラスソースと、母が送ってきたビーフシチューの写真の色が重なる。

次の瞬間、わたしが一度だけ母に作った手料理も同じものだったことを思い出した。通りすがりの店員を呼び止め、鉄分補給のために小松菜のソテーを追加注文する。それからぬるくなったまずいお茶を力ずくで飲みきり、空のカップを隅に押しやって席を立った。

❀

「ほんとにいいの？　杏梨ちゃん」

そう言いながら、手はもうこちらに伸びてきていた。義母のこういうところが好きだ。大人の無邪気さは、成熟の裏返しだと思う。

「わざわざ来てもらったのに、悪いわねえ」

「いいえ、そんな。味、見ていただければありがたいです」

コーヒー豆を買ったときにとっておいたスターバックスの袋の中身は、けさ焼いたばかりのデニッシュパンだ。二か月前に教室で習ってから週末ごとに練習して、やっと手みやげとして持っていけるくらいのレベルになった。お茶うけにも朝食にもしやすいし、果物をあしらえば華やかさもある。

紹介割引目当ての理恵に誘われて始めたパン作りが、こんなところで役に立つとは思わなかった。大袈裟な手みやげは逆に気を遣わせるし、手作りなら値段も正確にはわからない。もちろん義母はいちいち贈り物の価格を調べるような人じゃないけど、念を入れるのは大事だ。

「さあさあ、まずは座ってちょうだい」

ソファに座ると、ちょうど正面にある大きな窓の前には不用品らしきものがまとめて積まれていた。古い教科書、埃《ほこり》を被ったゲーム機、もう再生できないだろうビデオテープの山。いつも清潔なこの家にしてはめずらしくてじっと見ていると、

「年末はバタバタするから、いまから大掃除中なの。散らかっていてごめんね」

恥ずかしそうな声とともに、バラ柄のティーカップで視界が遮《さえぎ》られた。

「いいえ、気になりません」

嘘じゃない。そういうものを堂々と置いておけること、それをこうして目にしても不愉快ではないことこそ、わたしが思うこの家の魅力そのものだ。そのほとんどが義

母本人ではなく、かつて子供だった夫や義妹の思い出の品であることも。

「かわいいわね、そのタイツ。音符の模様が入ってるのね」

「わあ、ありがとうございます」

ちょっと派手すぎたかもしれない、と心配しつつ、素直に答えた。賢ぶって人の言葉を深読みしたって、なにもいいことなんかない。わたしはそれを、よく知っている。

この家のリビングは白をメイン、焦げ茶と黒をアクセントにしていて、物は多いけれどもうるさい印象はまったくない。家族の歴史を物語る写真や義母のお手製らしいフラワークラフトがそこかしこに飾られ、気をつけないとふんぞり返ってしまうほどふかふかのソファにはパッチワークのカバーがかけられたクッション、籐《とう》のマガジンラックの中身は料理本と新聞。テレビの横に置かれた観葉植物は義母いわく「晴彦の大学合格祝いで買ってからもう十年以上元気」で、天井まで届きそうなくらい立派に育っている。

夫の実家が好きだという女は、どうもめったにいないらしい。理恵も目を見張っていた。

「なんの用でそんなにしょっちゅう行くの？」

「お料理習ったり、ふつうにお茶したりとか」

「ほどほどに距離置いときなよ、こじれたら面倒だし。姑なんてしょせん他人なんだから」

わたしはこの家だけではなく、義母のことも好きだ。短大を出てすぐに生命保険会社勤務の男性と結婚し、以来ずっと専業主婦として家族を支えてきた。子供が手を離れたいまは、夫と観葉植物と四匹の猫の面倒を見ている。初対面のときから、この人みたいになりたい、と思っていた。無邪気で世話好きでよく気がきく、かわいいおばさんになりたい。

いつも考えている。可能なかぎり早く、上手《じょうず》におばさんになりたい。いろいろなしがらみに揉《も》まれてすり減ってしまう前に。

「お義母さんこそ、そのニット素敵ですね」

「あら、ありがとう。そんなこと言ってくれるの杏梨ちゃんだけよ。男どもは鈍感だし、志穂子はあのとおりがさつだし」

「そんなことないですよ」

お世辞ではなかった。実際、志穂子をがさつだと思ったことは一度もない。

うちに来てしばらく経つけれど、彼女はいっこうに自分の痕跡を残さない。布団は朝になるとかならずたたんで壁際に寄せてあるし(掃除のために和室に入るたびに、使っていないんじゃないかと疑ってしまう）、下着の洗濯も外で済ませているらしかった。わざわざ社宅に戻っているのか、コインランドリーでも使っているのかはわからない。ただ、そこまで心を砕くのはもはや遠慮のレベルを超えている気がする。

冷蔵庫に作り置きしてあるおかずにも、自由に食べていいと何回伝えても手をつけない。ぼんやりお礼を言うばかりで、はっきり断るわけでもない。それでも、いつか抜き打ちテストのように冷蔵庫を開けられるのではないかと思うとこまめにストックを足してしまう。そこに義母直伝のレシピを着々と追加することだけが、ささやかな憂さ晴らしだった。

ふいに、くるぶしのあたりをなにかがくすぐった。

見下ろすと、いつのまにか足元に灰色の猫がまとわりついていた。見た目からしてロシアンブルーの系統らしい。こちらの視線に気づいたのか顔を上げ、なあああ、と間延びした声で鳴く。

「あら、出てきちゃったの」

「この子、名前なんでしたっけ」

「ソラ。目が空色だから。もう一匹青い目の子がいてそっちはウミ、三毛とマンチカンの雑種がリク。あとはほら、杏梨ちゃんのご実家の……」

「そうそう、その子と同じ白の長毛がユキっていうの。ありきたりでしょ？　どうも名前を考えるのが苦手で。晴彦は晴れた日に生まれたからだし、志穂子は――」

「そんな、どれも素敵な名前ですよ」

いきなり触らない。きちんと屈んで目を合わせ、丁寧に挨拶をしてから、喜びそうな場所をそっと撫でる。慎重さがよかったのか、それとも義母のしつけがいいのか、ソラは逃げ出したり嫌がったりせず、くつろいだ様子でわたしの足の甲の上に座った。

「人に慣れてる。かわいいですねえ」

「でしょー？　かわいいのに、ねえ」

続く台詞は、言われなくても察しがついた。

「アレルギーって、ねえ。毎日掃除もして、部屋からだって出さないようにしてるのに」

一拍置いて、なるべく、と付け加える義母に、猫に夢中なふりをしながら答えた。

「もったいないですね、こんなにかわいいのに」

「杏梨ちゃんはほんとに猫が好きねえ」

顔なんか見なくても、義母の心の動きはわかった。喉元や耳の裏のあたり、ちょうど気持ちいいところを撫でてやったときの猫が、ころころと満足げに喉を鳴らすような声だった。

志穂子はろくに家事も教わらないままここを出て行って、最近ではほとんど寄りつきもしないらしい。本当に、なんてもったいないんだろう。ファッションや料理の話をする合間に猫をかわいがる、たったそれだけのことで――いや、もしかしたらただ顔を見せるだけで、こんなに喜んでくれる人がいるのに。

「あの子は昔っから、犬も猫も小さい子供も苦手でね。女としてどうかと思うわよ。そのくせ、ぶんたんだかすだちだかの交配なんかに熱中して」

処女なのに交配の研究、とは、もちろん義母は言わない。

「なんでも大学時代にお世話になった先生がね、女性なんだけどずっと独身で、キャリアウーマンっていうの？　それですっかり感化されちゃったみたい。そういうのも否定はしないけど、やっぱり厳しい生き方には違いないじゃない？」

「うーん、まあ、すごいとは思うけど、大変そうだなーって感じもしますね」

「そうよね。それにやっぱり怖いでしょう、すぐ頼れる人もいない中で今回みたいなことがあったら。現にこうして、杏梨ちゃんにも迷惑をかけているわけだし」

「いえ、そんな。あたしは大丈夫です。ただ、お義母さんは心配ですよね」

「そうなの！　親としては不安で。でもあっちのほうが口は達者だから、いつも言い負かされちゃって……」

はじめて義母から志穂子の話を聞かされたのも、このソファに並んで座っているときだった。大事にとっておいたらしいファッション誌を広げながら、愛猫の毛並みについて語るのと同じ調子で彼女は娘のことを語った。あの明るい笑顔の裏で、本当はずっとひとりで我慢してきたんだろう。それを上手に吐き出させてあげるのも嫁の務め、聞かせてもらえるのも親しくなった証拠だと思うことにして、わたしは控えめに相槌を打つ。

「あの子が高三のときね、親に黙って理系の大学に行こうとしてるのがわかったから、ちゃんと話し合おうとしたの。研究のお仕事なんて潰しがきかないし、世間様と縁遠くなるんじゃないかって。そしたら急に不機嫌になって『どうして世間とか語れるの？　まともに働いたこともないのに』って言うのよ。わたし、つい泣いちゃって」

「まあ……」

「なんでもその調子なの。就職のときも喧嘩になってね。こっちは心配でいろいろ注意してるのに、『必要だったら仕送り増やすから口出ししないで』なんて見当違いな返事するから。お金の問題じゃないって伝えても言い訳ばかりで、しまいにはまったく関係のないお父さんのことまで持ち出して難癖をつけてくるの。『昔、あたしがあの人は家のことなんにもしないって文句言ったら、外で働くのがお父さんの愛情表現だからいいんだって答えたじゃん。なんであたしが仕事を一番に考えることがそんなに駄目なの?』って」

「まあ、男の人ですからねえ」

「わたしもそう言ったの。そしたらあの子、なんて答えたと思う?」

おおむね予想をつけながらも、黙って首をかしげてみせた。

「――『じゃあ、もうあたしのことは男だと思ってよ』」

ため息をついても、胸のつかえは吐き出されないままだった。

そのときの義母の気持ち、うまく言葉にできないモヤモヤが、こちらにまでつめたく流れ込んでくる。こんなとき理恵がいてくれたら、あの容赦ない口調でばっさりと切り捨ててくれるに違いないのに。

でも、わたしにはとても真似できない。

「それは、おつらかったですねえ」

「頭はよくても、人の心の機微っていうのかな、そういうのがわからないみたい。今回だって、わたしがなにも言わなかったら泥棒に入られた部屋に住みつづける気でいたのよ？」

「うーん……わたしやったら無理かも」

「でしょー？　おかしいわよねえ。そこも縁遠い原因なのかしら。だって、志穂子と同じくらい働いて、結婚もちゃんとしてる人なんかいくらでもいるじゃないの。もう若すぎるってことはないし、わたしたちだって早く孫の顔が見たいのに——」

そこまで言って、ふいに義母は口を閉じた。

同時に、足元でほとんど寝入りかけていたソラがすばやくその場から飛びのいた。無意識のうちにわたしが動いてしまったらしい。暖房のついた室内にもかかわらず、爪先にひゅっとつめたい風が吹く。

「ああ、ごめんね。起こしちゃったね」

甘い声を作って猫を呼び戻すわたしに、義母も似たような声音で「杏梨ちゃん、お茶のおかわりいる？」と訊ねた。

夫婦で子供の話は、あまり真面目にしていない。

夫はまだいいんじゃないかと言う。相手のあることなのでなんとなくわたしが譲る形になり、そのうち義妹が出現したこともあって、話し合いすらうやむやのままになっている。でも、まだいいとかもう駄目とか、そんなのだれがどう決めるんだろう。

それともまた、例のあれだろうか。いまどき二十代で出産なんて早すぎる、若いうちに産むべきなんて流行らない、とかなんとか。

ようやく戻ってきたソラを撫でながら顔を上げると、不用品の山が午後の太陽を浴びて埃を光らせている。その中のひとつに目が止まったとき、思わず「あ」と声が出た。あやういところでボリュームを抑えなかったら、また逃げられてしまうところだった。

「シルバニアファミリーや！」

「ああ、あれね。杏梨ちゃん、好き？」

「はい！　見てもいいですか？」

もちろん、という許可に甘え、わたしはいったん猫から離れた。

床に直接置かれていたそれを持ち上げると、思いのほか、ずっしりと重い。それもそのはずで、三階建てのドールハウスは玄関から屋根裏部屋まで家具や人形たちでいっぱいだった。きちんと糊《のり》で固定されたその配置からは、おのおのの背景まで見えてくる。二階で揺りかごを背にピアノを弾《ひ》くウサギはベビーシッター。一階のダイニングではネコとリスが奥さん同士でお茶を楽しみ、隣の子供部屋ではそれぞれの娘らしい三人組がはしゃいでいる。書斎にこもっていたリスの主人は、ちょうど休憩がてらバルコニーに出たところらしい。

こんなに幸せそうな家を、あの志穂子が作ったなんて信じられない。

「なつかしー。あたしも持ってました、このピアノとか、ベビーベッドとか」

「あら、そう。女の子だものねえ」

わたしのそれは最後まで、置かれるべき場所には置かれなかった。だけど、そんなことはもちろん口にしない。

「持っていく？　重いだろうから、よければ送るわよ」

「え！　いいんですか？」

「もちろん。素敵じゃない、親子三代に受け継がれるおもちゃなんて」

歓声を通り越して奇声を上げそうになるのを、ぎりぎりのところで我慢した。

「ほんまですね。ありがとうございます」

親子三代。その言葉ごと、ドールハウスを掲げてあちこちに見せびらかして回りたかった。まともに話し合えてすらいない子供のことだって、すぐにでもなんとかなる気がした。理想の家を抱きしめていまにも小躍りしそうなわたしの爪先を、また、やわらかい毛がくすぐった。

「そろそろ部屋に戻さないと。おいで、ソラ」

「ああ、いいんですよ。ねえ。たまには、広いところに出たいもんねー?」

何度か遊びに来ているけれど、猫がここに現れたことはきょうまでなかった。マリーと同じ白猫だというユキだって、まだ写真でしか見たことがない。彼らはふだん、かつて夫の寝室だった場所にいるという話だった。めったに帰らないことが明白な、その妹の部屋ではなく。

「ほら、ソラ。ここにおるの、あんたとおんなじネコちゃんやで。わかる?」

かわいそうに、戻ってもこない人のために閉じ込められて。

無駄にするんだったら、ちょうだいよ。

ドールハウスをソラの鼻先に差し出しながら、その額を親指の下あたりでぐりぐりと撫でた。迷惑そうに顔をしかめつつ、ソラは生命力でぱんぱんに張った風船のような、実家にいるマリーとはまったく違う艶《つや》っぽい声で「なあん」と鳴く。

マリーも捨て猫で、わたしが中学生になる直前、当時はまだ家にいた父に拾われてきた。

名前は、洗ったら驚くほど白くなった毛並みや、つんとした面差しにちなんでわたしがつけた。もっとも彼女はなぜか老け込むのが妙に早く、最後に見たときにはもう、愛らしいキャラクターの元ネタにそぐわない化け猫じみた声で鳴くようになっていた。

「ちゃんと年とってからのことも考えんと」

離婚した夫が杏梨と名づけたひとり娘に、母は鼻で笑いながらそう言った。

「名前なんて、死ぬまでつきまとってくるんやから。若くなくなって、かわいくなくなって、だーれも相手にしてくれなくなっても」

マリーはまだ元気だろうか。

わたしが実家を出た時点で、人間で言えば母と同世代の中年女だった。もうだいぶ年寄りになっているはずだから、いつ死んでしまうかもわからない。そろそろ様子を見に帰ってやるべきなのだろう。そう思って、思いつづけて、ずいぶんになる。

「ほんとに、杏梨ちゃんは優しいわね」

義母は嬉しそうに言った。入れたものがすべて形を失うまで煮込んだシチューみたいな、とろけるようになめらかな声だった。

やらずに後悔するよりやって後悔したほうがいい、と最初に言ったのがだれだか知らないけれど、その人はたぶん、よっぽどさわやかな生き方をしていたんだろう。実現しなかったことはいくらでも美化できる。わたしに言わせれば、やっちまった、という後悔ほどたちが悪く、苦い後味を引きずる感情はない。

✽

昨夜、日付が変わるくらいの時刻に兄夫婦の部屋に戻ると、めずらしくリビングの電気がまだついていた。なにかが故障したような機械音が聞こえてきたので気になって覗いてみると、ワンピースのルームウェアを着た杏梨がキッチンでミキサーを回していた。

「あ、志穂子ちゃん。おかえりー」

ただいま、と返すことができず、とっさに「どうも」とつぶやいた。

ミキサーの中では牛乳らしきものが白っぽく泡立っていて、その脇には種が散らばったまな板と、緑っぽい果汁に濡れた包丁があった。こちらの視線に気がついたのか、杏梨はなにも訊ねないうちに教えてくれた。

「お義母さんからね、こないだ遊びに行ったとき、おっきいメロン頂いたんよ」

その笑顔はすっぴんであることを差し引いてもお風呂上がりの小学生みたいに無邪気で、わたしは複雑な気持ちで沈黙した。

母はキュウリとかスイカとか、ウリ科特有の青くささが苦手だ。自分がいらなくなったものをさも親切めいた顔で「お裾分け」して、まだ使えるものを捨てることへの罪悪感を軽減するのは昔からあの人の得意技だった。途中で飽きてしまったダイエット飲料、一度しか使わなかったキッチン用品、前例を挙げればきりがない。最近その手の連絡が来ないのでさすがに反省したのかと思ったら、もっといいターゲットを見つけただけだったらしい。

「半分は明日食べるとしても、残りはおいしいうちに食べきれるかわからんやろ？　だから、メロンシェイクにしたらどうかなって。ほら、これやったら志穂子ちゃんも朝、忙しくてもさっと飲んで行けるやんか」

ファミレスのドリンクバーでメロンソーダとアンバサを混ぜていた記憶が頭をよぎ

り、思わず吹き出したわたしを見て杏梨はまばたきをした。アイシャドウや愛想笑いで装っていない目はふだんよりつぶらで、鼻先や頬もなんとなく丸っこい。まさに子供のようなその表情に、わたしは自分と彼女の関係を一瞬だけ忘れた。

というより、立場をわきまえるのを忘れた。

「メロンと牛乳は、混ぜると苦味が出てまずくなるよ」

「……そうなん？　ネットでレシピ調べたら、おいしいって書いてあったけど」

「それは作ってすぐに飲む場合じゃないかな。メロンにはククミシンっていうプロテアーゼが含まれててね、タンパク質を分解する酵素なんだけど、それが牛乳の動物性タンパク質に反応すると、苦味ペプチドっていう成分が発生するの。ほら、生ハムメロンってあるでしょ？　あれも味うんぬんっていうか、メロンの酵素がハムのタンパク質を分解するから舌触りがよくなるっていう——」

タイムマシンがあったらあのときの自分に忍び寄り、思いっきり背中を蹴って黙らせたい。

「へーえ、そうなんや」

口をつぐんだときにはもう遅く、杏梨はまた、ウォータープルーフの笑顔に戻っていた。

「全然知らんかった。さすが、志穂子ちゃんは物知りやね？」

「……専門分野だからね」

なにがあっても崩れない息苦しいほどの密着力、の効果はやはり甚大で、言い訳がましいつぶやきくらいでは当然ヒビも入らなかった。しおしおと背を向けたわたしに「おやすみなさい」と声をかけた彼女が、どんな顔をしていたのかは考えたくない。

おかげできょうは、飲んでもいないメロンシェイクの後味にも似た青くさい苦味がずっと口から離れてくれない。いつもより三十分早く部屋を出たときも、勤務中も、山下さんを避けてわざわざ外に出た昼の休憩中も、こうして飲み会に向かう電車に揺られていても。あんなに盛大な「やっちまった」は久しぶりだった。あれじゃ完全に、兄嫁をいびる小姑だ。

でも、どうしてそうなってしまうんだろう。

思えばわたしはいつもこうで、好きなことを全力でやろうとするとなぜかまわりにいる人を、とくに同性を傷つけてしまう。それもこれも自分が男だったら回避できた事態だと、内心ひそかに考えていた。今回に関してはどうだろう。

わたしが、あるいはわたしと杏梨が、ふたりとも男だったら。

いずれにせよ、しばらくは彼女とエンカウントしたくない。今夜、久しぶりに予定を入れておいたのは不幸中の幸いだった。

大学同期の忘年会の会場は、母校近くにいつのまにかできていた創作居酒屋だった。なぜか地下ダンジョンみたいに入り組んだ構造になっていて、妙に天井の低い店内をダクトに頭をぶつけそうになりながらぐるぐるように進む。半個室になった予約席に三十分遅れで入っていくと、だいぶ仕上がった感じの歓声が沸いた。

「しーちゃん、久しぶりじゃん！」

「おー、レアキャラだ。イモコが来たー！」

よっ、とだれにともなく手を挙げながら、なつかしいあだ名に苦笑する。名前からとった前者はもちろん、後者の由来も単純で、みんな兄のことを知っていたからだ。妹だからイモコ。芋くさい、という意味でもあったのかもしれない。

参加者は男子が十人くらい、女子が六、七人で、なんとなく性別で左右のテーブルに分かれているらしい。ちょうど境目あたりの空席に座り、とりあえずビールで乾杯を済ませた。

もう男子女子という年齢でもないのに、同期と顔を合わせると、自動的に気持ちだけが時を遡ってしまう。それでいて、目の前の相手はスーツを着て髪なんか整えていたり、家のローンや赤ん坊の夜泣きの話をしていたりする。そんな中でぼんやりビールを飲んで「相変わらずだねー」なんて言われていると、わたしだって働いているのに自分だけなにも成長していないような、就職もただの「社会人コスプレ」のような気がしてくる。同窓会が苦手な理由のひとつだった。

「いや、元気そうでよかった。どうしてるかなって話してたんだよ」

研究室で一緒だった男子が隣から言った。前会ったときにはたしか、冷凍食品のメーカーで経理をやっていると話していた。左手を見るかぎりでは結婚もしたらしい。

「教授の退官パーティーの出欠も返事してないよな？　年明けだから期限近いぞ」

「……ああ。そろそろ定年だっけ、あの人も」

「おーい、招待状届いたろ？」

わたしたちの指導教官は、当時の農学部でただひとりの女性教授だった。いまよりずっと厳しい時代、愛嬌《あいきょう》を武器にすることさえままならない男性社会で生き抜いてきた人特有の迫力には定評があり、映画のモデルにもなった世界的ファッション誌の女性編集長になぞらえて「冬の女王」と呼ばれていた。微笑むことすらめったになく、冷静ながらも容赦のない駄目出しに泣かされた子も少なくなかったらしい。たしかに、老眼鏡の奥から学生たちを見据える眼光の鋭さたるや、とくに威嚇するわけでもないのにメデューサ顔負けだった。

——結論ありきの研究は、学問にとって害悪です。それを行う研究者も。

小学校の授業で「吾輩《わがはい》の辞書に不可能の文字はない」という格言を習ったとき、クラスのだれかが「ただの不良品じゃん」と言い、みんな幼くてバカだったからそれだけでげらげら笑った。教授が場を凍りつかせるたびにわたしはその記憶を思い起こし、たぶん先生の辞書にも落丁があるんだろうな、と考えていた。斟酌《しんしゃく》、遠慮、妥協、憐《れん》憫《びん》、そういう言葉は生まれつき載っていないのかもしれないと。

「しっかりしろよ。イモコ、あの人に憧れてたじゃん」

もちろん嫌いではなかったし、お世話になったたぶん慕ってもいた。

ただ、こうもはっきり言い切られるとうなずくのに躊躇《ちゅうちょ》してしまう。否定というより、なんでそんなに断定できるんだろう、という疑問が湧く。わたしは一度も、ああなりたい、ああいうふうに生きたいと周囲に明言したことはない。なにを見てそう思われたのかは知らないが、実際のところはまだ、あそこまで迷いのない人にはなれない。いずれ、ならなくてはいけないのかもしれないけど。

そうなったら、わたしは自分の辞書からどんな言葉を消すのだろう。

「あー……ごめん、見てないわ。いま、あんまり家にいなくて」

「そんなに仕事やばいの？」

「ううん。事情があって、兄貴んとこにいるんだよね」

共通の知人の前では、自然と兄のことをそう呼んでしまう。

「事情って？」

「社宅の部屋に空き巣が入ったの。無差別犯っぽいんだけど、けっこう荒らされて」

「えーやだ、怖い！　大丈夫？」

女の子たちが眉をひそめ、いや、イモコはそんなんで怯《おび》えるタマじゃないっしょ、と反対側で男性陣が笑った。いたずらに場を暗くしたくなくて、わたしも「まあそうなんだけど、母親が心配しちゃってさ」と一緒に笑う。

「……ていうか、それってほんとに無差別犯？」

ふとそうつぶやいたのは、学部時代に一番よく話していた女子だった。きょうの幹事でもある彼女は、卒業後は酒造メーカーに勤めている。

「しーちゃんが狙われたんじゃないの？　ほら、前に雑誌に載ってたでしょ。あれを見て変な人が来たとか、ありそうじゃん」

「……ああ、あれ。いやないって、せいぜい半ページくらいしか載ってないし」

「でも、けっこうネットで拡散されてたよ。わたしインスタでそれ見て、こんなのに出てたんだーって知ったもん」

「あ、わたしも同じ投稿見た！」

端の席にいた農協勤務の子が、すかさずスマホを取り出した。

ほらこれ、と渡された画面を見ると、覚えのある雑誌のページを撮って白っぽくフィルターをかけ、さらにまわりをフレームやスタンプで加工した写真が載っていた。構図的には誌面上にあるわたしの顔が中心だけど、その実、ピントはさりげなく映り込んだ人差し指のネイルに合わせてある。撮影技術高いな、と感心しつつ、大量のハッシュタグが添えられた文章を読んだ。

「大学時代のセンパイ発見！　今村志穂子さんです。やっぱり夢に向かって突き進む女性は美しいですね！　みなさんぜひ読んでみてください〜☆」

発信者のプロフィール写真を見ると、たしかに大学の後輩だった。二年のときに受講した基礎講義のグループワークで一緒になったことがある。ただ、当時から読者モデルとして活動を始めた彼女はほどなく教室に姿を見せなくなったはずだ。正直すぐには思い出せなかったし、思い出して最初の感想は「そういえばいたな」だった。

どうやらそのまま芸能事務所に入ったらしく、フォロワーはなかなかに多い。こんなどうでもいいSNSの投稿にまで相当な「いいね」がついている。その数は、わたしのスマホに保存された連絡先よりずっと多い。

「気をつけたほうがいいよ。このご時世、どっから情報漏れるかわかんないもん」

なにげない顔でうなずきながら、今度は自分のスマホを取り出した。

確認すると、まず兄から「帰りにビール買ってきて」とLINEが届いていた。とりあえず無視してブラウザを開く。自分の名前をGoogleで打ち込むとすぐ予測変換が表示され、これまでどんな条件とセットで検索されたのかが把握できた。写真を投稿した後輩の名前、大学、勤務先、「ツイッター」「インスタ」「フェイスブック」（わたしはどれもやっていない）、美人、ブス。そして最後が「今村志穂子　住所」。

ほかのみんなは例の記事を回覧しているらしい。男子たちが「有名人じゃん」と笑う声が、すーっと意識の外へ遠ざかっていく。

「……そういえば教授の退官パーティー、先輩も京都から来るらしいよ」

右耳にそっとささやかれて、スマホを取り落としそうになった。

だから元気出して、とでも言いたそうにうなずいたのは、隣にいた幹事の女の子だった。なぜ急にその話になるのか、戸惑いながらも返事をする。

「めずらしいね。そういうの苦手っぽいのに」

だれのことかと訊ねる必要はなかった。苗字《みょうじ》も名前も抜きにしてただ「先輩」と言った場合、該当するのはひとりだけだ。

「いや、でもさ、一見クールだけどじつは情に厚いっていうか筋は通すっていうか、先輩って前からそういうとこあったし」

なぜか彼女のほうがムキになっている。そんなにかっこいい感じの人だっけ、もしかして違う「先輩」かもしれない、とこっちが不安になるほどの勢いだった。たぶん兄の親友だったあの人のことだろうけど、いかんせん時間が経ちすぎている。

「よければ二次会とかセッティングして、ふたりにしてあげようか？」

冗談だと思って笑うと、真顔で「や、マジな話」と諭された。

「うちら言ってたんだよね。しーちゃんと先輩、絶対お似合いだって。ずっと一緒にいるから、最後のほうなんか雰囲気まで似てきてたし」

「いやいや、先輩は兄貴と仲がよかったから。兄妹みたいなもんだよ」

「でも、しーちゃんのほうはどうなの。それでよかったの？」

「よかったもなにも……」

「ずっとフリーでいるのだって、本当は先輩が忘れられないからだったりしない？これを逃したらきっと簡単には会えなくなるし、最後のチャンスかもしれないんだよ」

兄の影響で少年漫画のほうが読む機会は多かったけど、それでも思った。こういうの、少女漫画でよく見たな。自分の気持ちに嘘をつく臆病なヒロインを励まし、一歩踏み出させる正義感の強い親友。往々にして、じつはヒロインよりも読者からの人気が高かったりする。たしかに、二十代も半ばであんなおいしい役をする機会もなかなかないだろう。熱が入る気持ちはわからなくもない。

「いやー……なんかいま、そういう感じでもないかな。仕事もあるし」

「それとこれとは別でしょ。そりゃ仕事は大切だけど、それはだれだってそうだし。だいたい、いつまでもひとりで生きていく覚悟があるわけ？」

わからなくもないけど、付き合わされるとなれば別だ。

「現に、怖い目にも遭ったわけじゃない。いや、もちろんしーちゃんのせいじゃないけどさ。今回みたいに注目を集めた結果、そうなっちゃうことってまたあるかもしれないし。意地張ってないで努力はちゃんとしたほうがいいよ」

尋問めいた説得を受けるうちに、自然と口角を上げる力も失われていった。男と女が一緒にいれば、みんなそういうふうに考えるのが自然らしい。守ってくれる相手を「ちゃんと」探しておかないから、少なくともそのための努力をしないから、怖い目に遭ってもやむを得ないと。そういえば、職場でも言われた。ちゃんと守ってくれる男を見つけなさい。夜道に気をつけろとか戸締まりは確認しろとか、そんな調子で。

「それって番犬がわりに男作れってこと?」

心配そうに下がっていた眉が、目の前ですうっと平坦になった。

あ、と気がつく。やっちまった。

「なんかごめん。おせっかいだったみたいね」

低い声で言って彼女は前を向き直り、ごめん、とこちらが謝っても返事はなかった。

不穏な空気を察したらしく、女子の固まった右のテーブルがさっと引き潮のように静かになった。おーなんだ喧嘩か、女はこえーなぁ? 酔った男子のひとりが言い、それに反応して左側から太い笑い声が、右側からは乾いた失笑が上がる。

わたしはどちらにも参加できなかった。童話に出てくる卑怯者《ひきょうもの》のコウモリみたいだ、と思った。あるときは鳥、あるときは獣と名乗り、結局どちらにも入れてはもらえない。

「そんなんじゃないってー! それより、教授へのプレゼントどうする?」

彼女はこちらを見ないようにしながら男子のテーブルに明るく呼びかけ、場の雰囲気を一掃すると同時に、それ以上弁明する余地さえ取り払ってしまった。大勢に囲まれながらひとりで残されたわたしは、いたたまれずにすぐ席を立った。

トイレの個室に閉じこもり、頭を抱える。

またやっちまった。

いまのは怒らせてもしょうがない。我ながら相当感じが悪かった。善意で言ってくれているのも、深い意味がないこともわかっていたのに。そもそもあんなふうに毒を吐いたのだって、痛いところを突かれたからにほかならない。ただの八つ当たりだ。

取材記事が掲載された雑誌を送ると申し出られたとき、送付先は実家にしてもらった。だから、完成したものをちゃんと見たのはさっきがはじめてだ。あまり興味がなかったこともあるけれど、内容チェックの時点で耐えられなくなったというのが一番大きい。質問に答えただけの言葉も、指示に応じただけのポージングも、ああやってもっともらしく形を得るとさも確固たる根拠がありそうで、誌面上のわたしはだれにどこから見られても恥ずかしくない、むしろみんな見てくれとでも言いたげな、想像以上の鼻持ちならない女だった。

注目されるのが嫌なら、雑誌なんか出なければよかったのに。

いや――本当にそうだろうか。

わかってくれとは言わないが、そんなに俺が悪いのか。

笑ってみようとしたけれどうまくいかない。まさか昭和歌謡に共感する日が来るとは思わなかった。たしかにいまのわたしは、ナイフみたいにとがっては触るものみな傷つけている。中途半端な自分自身が原因で。

これまでの人生で遭遇した厄介事は、だいたいわたしが男だったら起こらなかったことだ——と、ずっと考えていた。今回の場合、どうだろう。

薄っぺらい承認欲求を満たすために、さして仲良くもない相手から名前や顔を無許可で利用されないのか。知らないところで美人かブスか評価され、ましてやそれを共有しようとは思われないのか。そう簡単に住所に興味を持たれないのか、そして、だれかが興味を持っている（かもしれない）というだけでいちいち動揺しなくて済むのか。犯罪被害と恋愛を結びつけられて、頼んでもいないお膳立てをしつこく勧められないのか。いったい、ここ最近の出来事はどこからが回避可能だったのか。

そしてもし、男ならすべて避け得たことだとして、だからなんだというのか。

頭から湯気が出るほど考えたって、わかるはずがなかった。わたしは、男ではないのだから。

＊

十二月も半ば、小さなツリーや銀紙でできたリース、クリスマスカラーのテーブルクロスで飾りつけられたスタジオの中には、華やいだ気配が充満している。迫りくるイベントへの期待をこめた笑い声があちこちで上がり、殺伐としているのはわたしたちの調理台の周辺だけだ。いつもよりバターの香りが強い生地にドライフルーツをねじ入れながら、理恵は冷ややかに言い放った。

「わざとなら最低、悪気がないならもっと最低」

きょうは装飾だけじゃなく、用意された食材も特別仕様だ。小皿に取り分けられたオレンジピール、ラムレーズン、乾燥いちじくやパイナップル、ミックスナッツなんかを好きな分量で使っていいことになっている。わたしは深い赤色のドレンチェリーをひとつ取って、やわらかい生地の奥へと押し込んだ。

「正しければなんでもいいわけじゃないじゃん！　だいたい自分のこと男っぽいとかいう女って、そういうデリカシーがないこと平気でするんだよね。発言に気をつけることに性別なんか関係ないのに。単に『わたしはあんたたちとは違う』くらいの意味で使ってんのよ。てめーの感じ悪さを男性性に転嫁すんなっつーの」

持つべきものは頭のいい友達だとつくづく実感する。学歴が高いとか物知りとか、そういうことじゃない。もっと本物の、かゆいところに手が届く賢さ。

志穂子に指摘されたとおり、メロンシェイクは少し時間が経つといきなりおいしくなくなった。ひと口舐めただけで舌がひりつくほど苦く、それが瓜《うり》の青くささと一緒にずっと後を引いて、砂糖や蜂蜜を足したところでどうにかなる味じゃないことは認めるしかなかった。ミキサーの中身を捨て、本体を洗い、口直しに浄水ポットとコップを出して立ったまま水を飲みながら、気がつけばわたしは冷蔵庫の扉に貼ってあるカレンダーを見つめていた。

十二月。二十四日もその翌日も、空欄だった。

結婚してはじめてのクリスマスをどう過ごすかについては、以前から計画を練っていた。夜景の見えるレストランも悪くはないけれど、やっぱりお祝いはうちでするほうが「家族」感がある。幼稚園や児童館で読んだ絵本でも、それはつつましくて幸福な家族のイベントだった。お父さんが近くの森で切ってきたモミの木、お母さんが手作りしたクリスマスプディング、大人数の子供たちでひと口ずつ分け合う七面鳥、かならず「ぶどう酒」と呼ばれるホットワイン。

そもそも、パン教室に通うつもりなんて最初はなかった。気が変わったのは理恵の付き添いで行った見学のとき、提示された一年分のカリキュラムの中にシュトーレンを見つけたからだ。マジパンやドライフルーツを練り込んで、粉雪のようなフロストシュガーをたっぷり飾ったドイツの菓子パン。保存がきくようにふつうのパンより多く砂糖やバターを入れたそれを、本場ではクリスマスを待ちながら、家族で毎日少しずつ食べるらしい。小さいころにテレビかなにかで知って妙に鮮烈に覚えていた。

ケーキがわりに夫と食べたくて、習うのをきょうまで楽しみにしていたのに。

ふたりで一から築こうとしていた、新しい家族の習慣。うまくいきかけていたはずのそれが、彼女の出現によって少しずつ崩れていく。子供についてうまく話せないことまで、そのせいではないかという気がしてくる。

――志穂子、小さいころからクリスマスも嫌いだったの。キリスト教徒でもないのにおかしい、一週間もしたら初詣に行くのに変だって。悲しくなっちゃった。楽しいことはみんなで楽しめばいいだけなのに、人が言わないことをわざわざ口に出して悦に入るなんて貧しいと思わない？

「ビシッと言ってやんなよ、そろそろ出てけって」

理恵がそう提案したのはシュトーレンをオーブンに入れ、いつもの休憩スペースでお茶を飲んでいるときだった。

「そんな時間ないよ。あの子、毎晩終電帰りやし、休日出勤もザラやし」

「ダンナに伝えてもらえばいいでしょ」

「無理やって。追い払うみたいで印象悪いわ」

「追い払うもなにも杏梨のうちじゃん」

「でも、事情が事情やし」

「聞いた感じ、空き巣くらいでビビる女じゃなさそうだもん。そもそも無遠慮なのはあっちなんだから、多少強気に出るくらいじゃないと張り合えないよ」

「それはそうやけど……」

貧血のときの嫌な眠気みたいに、だんだん口と頭が重くなってきた。

それができればとっくにそうしている。志穂子の矛盾をあっさり言語化してみせたほどの賢さがありながら、どうしてそんなこともわかってくれないんだろう。

「シンデレラじゃないんだから、じっと耐えてたってだれも褒めても助けてもくれないよ。だって、いつかはちゃんとさせなきゃ子供とかどうすんの?」

正しければなんでもいいわけじゃない、とついさっき言ったはずの口で、あっさりと理恵はそう断言した。

じっと耐えてたってだれも褒めても助けてもくれない?

そんなの、たぶん彼女よりもわたしのほうが知っている。

「上京したときのアレともさ、結局顔色うかがいすぎて駄目だったんでしょ」

「……それ言うたら、理恵は言いすぎてあかんかったやん」

「あたしのことはいいの」

「よくないよ」

「杏梨自身はどうしたいの? そこをはっきりしとかないと、同じことの繰り返しになるだけじゃん。みんなにいい顔してストレスたまったらあたしに話してガス抜きして、またいい顔して、またストレスためてさ。気持ちはわかるけど、だれにも嫌われたくないってだけじゃ正直どうにもならないよ。家族なんだから」

「家族やから、なーんも気ぃ遣わんと好きに傷つけてもええってこと?」

一瞬、あたりがしんとなった。

とっさに振り返ると、数日後に迫ったクリスマス用のごちそうがそこかしこで完成に近づいていた。トマトソースと鶏肉を使った狩人《かりゅうど》風煮込みが湯気を立て、デコレーション中のホールケーキの上では大きな苺が光っている。そのすべてが場違いな大声の主、つまりわたしに向かって眉をひそめている気がした。

一拍遅れて理恵もさっと周囲を見渡した。凍りついているわたしを後目に愛想よく笑顔を振りまき、なんでもないです、チューニングミスでたまたま大音量になっちゃっただけです、というように、小動物的な会釈をしてみせる。しだいに注目が逸れていき、スタジオにざわめきが戻った。

それを確認してから彼女はこちらに向き直り、ため息まじりにつぶやいた。

「だれもそんなこと言ってないじゃん。小姑に遠慮しすぎて疲れてんじゃないの？」

もう、適当に話を流すタイミングさえ失っていた。

「理恵にうちのなにがわかるん？」

今度は大声じゃなかった。

それがよけい悪かった。あえて言った、という感じになった。予想と違って理恵は怒らなかったけれど、安心する理由にはならなかった。その沈黙が「あんたには怒る価値もない」と相手に知らしめるためのものだと、わたしにはわかっていた。母がそうだったから。

その証拠に彼女はたっぷりと無言を通してから、疲れたように吐き捨てた。

「じゃ、もう好きにすれば?」

遠慮がちにスタッフに呼ばれ、わたしたちは黙って調理台に戻った。

どんよりした気持ちでマンションに帰り着くと、宅配ボックスに荷物が届いていた。

夫の職場が区役所の農業振興課だと言うと平和な印象を持たれるけど、実際は土日にイベントが多いせいで休日出勤が絶えない。地元の農産物をメニューに使っている飲食店の支援、マルシェと称した直売会の開催、日本酒の試飲会なんかも業務の一環らしい。そしてたまに仕事柄、土がついた野菜やいびつな果物がいきなり届くことがある。そういうときわたしはいつも「助かるわあ」と笑顔で受け取りながら、予定していたメニューに頭の中ですばやく修正を加える。引っ越して間もないマンションに、お裾分けできる相手はいない。すぐ調理して食べる、保存法を調べる、お義母さんに届ける、そのどれか。

また夕飯を考え直さないといけないんだろうか。ますますどんよりしながらボックスを開け、送り主を見もしないで箱を抱えて部屋に戻った。

帰ってきて廊下が暗いとがっかりするけど、ちょっと安心もする。夫がいないあいだに大掃除の準備を進めておきたいからだ。年末年始には夫の実家でおせち料理の作り方を教わる約束なので、うちのことはいまから少しずつ済ませておきたかった。志穂子は興味も持ってくれなかったから、と嬉しそうに笑っていた、義母の期待を裏切りたくない。

ひとまず箱をキッチンカウンターに置き、冷蔵庫を開ける。

朝と同じ景色だった。やっとレシピを見ずに作れるようになったきんぴられんこん、義母直伝の牛肉のしぐれ煮、そろそろ旬が終わるかぶとかぶの葉と柿の漬物。どのタッパーの中身も減っていない。猫の餌付けに失敗したときと同じ失望が、ため息になって胸の奥から押し寄せた。

まただ。もう手をつけたほうが楽だというくらい言って聞かせても、志穂子は絶対にここを開けない。地獄の食べ物を一度でも食べたら永久に出られなくなる、という伝説だか神話だかがあるらしいけど、そんなつもりでいるんだろうか。そう思うなら逃げたらいいのに。

いつもより少し力を入れて扉を閉め、あらためて届いた箱を確認する。予想に反して、送り主は義母だった。捨ててしまったメロンシェイクのことが頭をよぎり、喉の奥から青くさい苦味の幻影がぐっとせり上がってくる。勇気を出して開けると几帳《きちょう》面《めん》な彼女らしく、中身は新聞紙で丁寧に梱包《こんぽう》されていた。それを取り除いた拍子に、添えられていた一筆箋がはらりと落ちた。

『杏梨ちゃんへ　大事にしてくれたら嬉しいです』

新聞紙の下からは、見覚えのある赤い三角屋根が覗いていた。

わあ、と思わず漏らした息を、久しぶりの呼吸みたいに感じた。慎重に取り出し、どこも割れたり欠けたりしていないことを確かめる。外側だけじゃなくて中も見る。暗記科目は大の苦手だったはずなのに、わたしは一度目にしただけのそのドールハウスについて、どの部屋になにがあって、そこでだれがなにをしていたか、完璧に記憶していた。

背後でドアが開く音がして、振り向くとコンビニ袋を持った志穂子が立っていた。

「お帰りなさい」

言いながら、わたしはとっさに笑顔を引っ込めて笑顔を作った。いい角度に目尻を下げ、口角をきゅっと上げて正しく福笑いを完成させる。ええ、と志穂子はうなずいた。いつもの眼鏡はうっすら白くなり、顔の下半分をマフラーで覆っている。おかげで表情が読めない。

「ごはんまだやったら、なにか作ろうか？」

「いえ、大丈夫です。さっきまで飲み会だったし」

ならその袋はなに、と訊きたいのを、なんとか抑えた。

志穂子はどことなくうわのそらで、いつもみたいにそそくさと部屋に戻るわけでも、かといって近寄ってくるわけでもない。自然と曇りが取れてきた眼鏡の下で、よく見るとその目はわたしではなく、キッチンカウンターのほうに向けられていた。

正確には、そこにあるドールハウスに。

「ああ、これ？　お義母さんがくださったの」

どうやら覚えているらしい。そう気づいて、自然と声がはずんだ。

「こないだビーフシチューを習いに行ったときにね、大掃除で出てきたって見せてくれて。親子三代のおもちゃなんて憧れるって、わざわざ送ってくださったみたい。なつかしいよね。子供のころ、あたしも――」

「ごめんなさい」

唐突な謝罪に、わたしは口をつぐんだ。

それから続きをしばらく待った。疲れてるから、とか、もう寝るね、とか。でも、聞き取れなかったと勘違いしたらしい志穂子はわざわざマフラーから顔を出し、はっきりとした口調で同じ言葉を繰り返した。

「ごめんなさい。困ったでしょ？」

いつもの仏頂面に無愛想な声だったけれど、本音であることはわかった。

「……え」

「まだあったんだ、そんなの。顕微鏡とかプラネタリウムはどっかやっちゃったのに」

「顕微鏡。プラネタリウム」

「うん。小学生のときとか、通信教育の付録でよく実験キットがついてきたじゃない」

当然のように言われても、通信教育なんて受けたこともなかった。

「急に『女の子なんだからこういうもので遊びなさい』ってそれ買ってきてさ。無視しても、無視してたからかな、あれこれ買い足してプレッシャーかけてくるの」

小学生のときなら、うちにはまだ父がいた。

でも、娘に与えるおこづかいやおもちゃについては母が厳しく制限していたから、せいぜい外出ついでにひとつかふたつ、小物をこっそり買ってもらうのが関の山だった。お菓子を我慢して手に入れたクマの人形も、友達に新品のペンケースと交換してもらったベビーベッドも、家がなければ意味がない。空き箱や引き出しの中に置かれたそれらは、どんなにかわいくてもただのミニチュアだった。

こればかりは内緒で父に頼んでもきっと無駄だ。そのことも、幼心にわかっていた。

——あんたがそうしたいんなら、勝手にしたらええわ。

母が管理していた自分のお年玉を使わせてほしい、という懇願に対する返事は、いま思えば、結婚式はするけど援助は頼まない、と伝えたときとまったく同じだった。どうせ後悔すると思うけどね、と言いたげな、その口調まで含めて。

結局、おもちゃの家は買わなかった。わたしはまだ子供で、これから何年も、母と一緒に暮らさなくてはいけなかった。わたしが夢見た理想の家を、母は折りに触れ、ゴミでも見るように眺めるだろう。そう考えるだけで耐えられなかった。

カウンターの上に視線を戻す。

もしあのとき、わたしがこの家を手に入れていたら。持っていた家具や人形をぜんぶ集めても、きっとひとつの部屋さえ満たすことができなかっただろう。足りないものだらけの家は夜逃げの直後みたいにわびしく、住人たちはいかにも悲しげで、引っ越しを後悔しているように見えただろう。そしてわたしはぽっかりと空いた場所を眺めながら、そこには本来どんなものを置くべきなのか、想像で答えを補うのだ。

要するにそれは、現実となにも変わらない遊び方だった。

「いらないものはいらないって言ったほうがいいよ。うちの母親、自分が持てあましたものを押しつける癖があるから。さも親切みたいな感じで」

志穂子は立ちすくむわたしの脇をすり抜け、冷蔵庫を開けた。

きょうこそタッパーを取り出すのかと固唾を呑んでいると、自分の持っていたコンビニ袋を入れてそのまま扉を閉めてしまった。反射的に「それなに?」と訊ねると、なんとも思っていない様子で振り返る。

「おにいに頼まれたビール。期間限定なんだって」

わたしは夫から、お酒を買っておくように頼まれたことがない。ビールと発泡酒の区別もつかないことを知られているからだろう。教えてくれればいいのに。サッカーのルールも、見たことすらなかった野菜の調理法も、そうやって一から覚えたのに。

志穂子は眼鏡を外し、服の袖で拭った。本当に飲んできたらしく、目のまわりがうっすらと紅潮している。色っぽく見えなくもない。初対面のときも感じた疑問がまた頭をよぎった。それなりに整った顔をあえてやぼったい眼鏡で格下げするのは、いったいどういう心理なんだろう。安くておしゃれなデザインのものなんて、きょうびいくらでも売っているのに。

やっぱり、わざととしか思えない。

「志穂子ちゃん。今度、眼鏡作りにおいでよ」

眉をひそめてみせる彼女に、わたしは職場で作っているのと同じ表情で笑いかけた。

✽

杏梨の働く眼鏡店は、何年か前にオープンした大きな家電量販店の一角にあった。最寄りのターミナル駅は職場から少し離れていたけれど、九時までの営業だったので残業のない水曜日ならなんとか間に合った。

「いらっしゃいませー!」

店に入ると、受付カウンターにいた杏梨がすぐ嬉しそうに近寄ってきた。眼鏡をかけた姿を見るのははじめてだけど、どうやら制服のようなものらしい。アニメキャラみたいな赤いセルフレームのそれに嫌な予感を覚えていたら、案の定、次々と笑顔で差し出されるのは奇抜なデザインの商品ばかりだった。青とピンクのバイカラー、製造過程でだれかが寝ていたのかと訊きたくなるアンダーリム、草間彌生《くさまやよい》ばりのドット柄。

「ええっと。いまみたいな感じで、べつにいいんですけど」

「あかんよ。それ作ったの、いつ？」

「……五、六年くらい前かと」

たしかに、そのころに比べて視力は落ちた。読書やパソコン仕事の最中にふと顔を上げ、あれ、こんなに距離が近かったんだ、と驚くことも増えていた。だからこそ、安くするからうちの店で眼鏡を作ってはどうか、という急な誘いにうなずいてしまったのだ。

「でも、職場で使うのであんまり派手なのは」

「にしてもそのデザインはないよ。潮時やて」

思わずつけていた眼鏡を外し、ためつすがめつ眺めてしまう。そこまで言われるほどの代物だろうか。まあ、おしゃれじゃないのは間違いない。鉄格子みたいな極太のアームといい、オーバーサイズの分厚いレンズといい、どちらかといえば男物に近い。

それはそうだろう。大学時代、人生で一番狂っていた時期に作ったものだ。理想の相手の眼鏡が理想の眼鏡。くだらない発想をしていたくだらなかった自分のことを思い出し、怯《ひる》んだところにすかさず「顔なじみがいいし、こなれ感も出るから」とほぼゴールドに近い黄色のセルフレームが押しつけられた。

冗談だろ芸人かよ、と絶句したけど杏梨がいたって真剣なので、そのまま勢いで試着まで押し切られる羽目になった。といっても、ほとんど見えない状態での試着だ。似合う、これがいいよ、絶対おすすめ、と熱弁されると、反論する材料がこちらにはない。あっというまに、購入の方向に話が転がっていった。

目を慣らすという理由で、しばらく待合室で裸眼のまま放置された。マガジンラックには雑誌もあったものの、前回の時点で〇・一以下だった視力で読むことなんかとてもできそうにない。ぼやけた視界を持てあましていると、考え事くらいしかすることがなかった。

そして結局、やっちまった、という直近の後悔に立ち戻る。

どうしてみんな、放っておいてくれないんだろう。極度のブラコン、忘れられない片思い、しつけの悪い犬をリードでつないでおくみたいに、男にまつわるものと結びつけたがるんだろう。そのいらだちは嘘じゃないし、たぶん間違ってもいない。でもそれは今回の場合、つまり、あの飲み会でムキになってしまったことの言い訳にはならない。

なぜなら先輩を好きだったのは事実だからだ。

たいしたことじゃない。高校のころ、一緒に嵐の中で野外ライブを見た兄の友達。特別な記憶を共有した吊り橋効果もあったのだろうし、専門的な話で盛り上がれる人がめずらしかったのも関係していたかもしれない。同じ大学の同じ学部に進み、話についていきたくて努力していたらますます勉強が楽しくなって、流れで院まで追うことになった。迷惑をかけたくなくてずっと告白しなかったけど、相手が関西で就職すると知って心を決めた。

断られるのは覚悟していた。でも、彼はこちらのほうがびっくりするほど驚いてから、妹みたいなもんだと思ってた、と傷ついたようにうつむいた。いい友達だと思ってた、というのは告白を断る際の常套句《じょうとうく》らしいけど、ほとんど問い詰めるように話していくにつれ、それが文字どおりの意味であることがわかった。彼は本当にわたしを妹、つまり性別を抜きにして付き合える相手だと思っていて、にもかかわらずそういう目でずっと見られていたことを知ってショックを受けていたのだ。失望さえ感じたかもしれない。ちょうどいま、わたしが山下さんに対してそうであるのと同じように。

信頼を裏切ってしまった。拒否されたことよりもむしろそっちが衝撃で、一時は水さえ受け付けないほど落ち込んだ。でも当然、ずっと悲劇のヒロインぶっているわけにもいかない。就活やら研究やらに追われているあいだにいつのまにか立ち直って、それで終わりだ。

人に話せばきっと、まだ忘れられないのだと勘違いされると思った。だからだれにも言わなかった。そして、どうやら予想は当たっていた。

ときどき、人生でたった一度のあの片思いがうっとうしくなる。相手の問題ではない。みんな男男ってうるせえな、と言っているほかならぬ自分自身が、性別を抜きにした信頼関係の可能性を否定してしまったことがたまらなく嫌なのだ。それにあれがなければいっそ、自分にはそういうシステムがないのだと健やかに開き直れたかもしれない。周囲にも、この年齢まで男を好きになったことがないとはもしや、と、早々に察してもらえただろう。

「お兄さんが結婚して、今村さんもこれから大変だね。次はおまえが、って」

「そうそう、子供なんかできたらなおさら針のムシロだよ」

「しっかりしてるから同世代の男どもじゃ物足りないか」

「魅力的なおじさんたちに囲まれてるからって不倫に走っちゃ駄目だよー」

なーんつって違うか、と職場のおじさんたちに軽口を叩かれても、きっと他人事みたいに受け流せる。

「若いからってのんびりしてると、仕事と結婚することになっちゃうしねえ」

「はあ。それができたら一番ですけどね」

冗談だと思われたようで、どっと爆笑が返ってきた。二十七歳にして処女だと彼らに告げたら、いったいどんな反応をされるのだろう。盛り上がるか憐《あわ》れまれるか引かれるか。

こちらだって、環境が変われば自然発生的になにかあると思っていた。ここまで「同世代の男ども」にも「魅力的なおじさんたち」にも興味が出ないとは想定外だ。ちゃんと異性を好きになる回路は自分の中に存在するらしいのに、どうしてこの人ではいけないのだろう。そんなことをわたしに思われていることも知らず、あるいはその可能性から目を背けて、山下さんは聞かないふりをしながらもしっかりと耳をこちらに向けていた。

世の中にはいろいろな人がいる。ペットを人間以上に愛する人、漫画やアニメのキャラクターに真剣に入れ込む人なんかきょうびめずらしくもないし、海外にはベルリンの壁と結婚した強者までいるらしい。それに比べれば「仕事と結婚」なんてわかりやすいほうだ。どうしてとち狂って、平凡な恋などしてしまったんだろう。

そこまで考えて、はたと我に返る。

そんな平凡な記憶を、どうしてこうも後ろめたく感じないといけないんだろう。

「今村さん、今村志穂子さあん。お待たせしました、こちらへどうぞ」

涼しげな様子で言いながら、杏梨らしきシルエットが目の前に現れた。

測定用のブースに入るとなめらかに荷物と上着を預かられ、視力測定用の機械の前に座らされた。直接体に触れはしないものの誘導ぶりには淀《よど》みがなく、正直なところ意外だった。

「では、まず裸眼の状態で測定します」

いつもの甘い声にもどことなく芯を感じるのは、関西弁を抑えているせいかもしれない。これはわかりますか？　ではこれは。これはどうです？　次々にランドルト環を切り替えレンズを交換する姿には、同じことを何十回もしてきたし、今後もしていくんだろう、と思わせるだけの貫禄《かんろく》があった。

「赤と緑、どっちがよく見えますか」

最後の質問まで終えて、杏梨は手元のバインダーになにかを書き込んだ。

「……では、次はそちらにおかけください」

今度は隣の機械を示されて言われるがままに移動すると、彼女はてきぱきと機械に貼られたパラフィン紙を剝がし、「ここに顎を載せて、額をここにつけてください」と指差した。レンズを覗き込むとぼやけた風景が見えて、それはしだいに広い道路と、その先に浮かぶ小さな気球の写真になる。

「目をなるべく大きく開けてください」

杏梨は子供をなだめるように、おおーきく、と発音した。

ふと、いまからなにをされるか思い出した。さっとうなじが熱くなる。眼圧検査と呼ばれるらしい、目に鋭く空気を吹きかけるこれがわたしは昔から苦手だ。ゴキブリがふいに跳びかかってきたときさながら、本能的にすくみ上がってしまう。

「すこーし風が出ますので、一瞬だけ我慢してくださいね」

気球の向こう側にいる杏梨には、わたしの眼球が奥まで筒抜けなのかもしれない。

べつに、なんでもかんでも怖がるわけじゃない。単にこれが苦手なだけで、注射も採血も歯医者の治療も平気なのだ。もちろんそんな言い訳を口にできるわけもなく、

「では行きますよぉ」

のんきな声のあと、ぱしゅっ、と間の抜けた音とともに冷風が吹きつけた。

内心で悲鳴を上げながらも、かろうじて目は閉じないでおく。杏梨はちょっと沈黙してから、淡々とした口調で言った。

「うーん……もうちょっと我慢できます?」

結局同じことをあと二回やった。簡単な説明を受け、レンズの在庫があるので即日

作れると引換証を渡されて、地下にあるハンバーガーショップで本を読みながらしばらく時間を潰した。それから指定時刻の三分前に店へ戻ると、杏梨はもう受け渡しカウンターの中で待っていた。

かけ心地を確認し、ケースとクリーナーをセットで購入しても、値段はたったの八千円強だった。しかも、入店から二時間弱しか経っていない。酷評された前の眼鏡は専門店で作ったもので、半日がかりで検査した上に本体だけで一万を超えたはずだ。もちろん杏梨のおかげで割引がきいたとはいえ、物価の曖昧さを見せつけられたようでありがたいよりも不気味だった。

「調整は無料で承っておりますので、不具合がございましたらお気軽にお持ちください。……まあ、わざわざ持ってこなくても大丈夫やから。なにかあったら言うてね」

急に事務的な口調が崩れたとき、一瞬、そのことが飲み込めなかった。

「志穂子ちゃんも、あの検査苦手やのね」

「……え？」

「ハルくんもやの。見ててなつかしくなったわ」

あの人ったらね、悲鳴上げるわ目閉じてまうわ、五回もやり直したんよ。本人もびっくりしてた、注射も採血も歯医者も平気やのになんでこれだけあかんのやろって。

あ、もちろん標準語でね？　まあ、自分が目玉に触られたらどうなるかなんてふつう知らんよね。ぴしっとスーツで決めてたのに、子供みたいで笑てもうたわ。

「杏梨さん、この仕事ずっと続けるの？」

冗談みたいな赤い眼鏡の向こうで、彼女はぱちぱちとまばたきをした。

「うーん、わからん。なんで？」

「……いや、なんか。かっこよかったし」

言ってから、面映《おもは》ゆくなる。我ながらどうして急にこんなことを訊いたんだろう。兄とのなれそめをのろけてみせる杏梨より、目に風をぶっかけてくる杏梨とのほうが仲良くなれそうな気がした。そこまで考えてはじめて、そうか、わたしは仲良くしてみたいのか、と思った。

「そんなことないよ。研修さえ受ければ、だれにでもできることやもん」

「仕事なんてなんでも、レベルはどうあれ替えがきかないとおかしいでしょ」

「志穂子ちゃん、最長でどれくらい会社休んだことある？」

虚を衝《つ》かれながらも、素直に考える。夏休みをもぎ取って行った女友達との旅行だろうか。三泊四日のプーケット——いや、違う。去年のインフルエンザだ。

「一週間、くらい」

「旅行かなにか？」

まあ、と言葉を濁す。病欠だったとは、なぜか言いたくなかった。

「休み明けに会社行ったらさ、未読メールがいっぱい来てて、机には書類が山積みで、席につくなり上司がさっそく仕事の話してきて、保留にされてた連絡が指名でじゃんじゃんあったやろ？」

「それは大袈裟」

「違う？」

「うーん……」

「一週間かそこら自分がいなくてもどうにかなって、休み明けもなんの支障もなくて、なんやったらむしろいづらくなってるような仕事があること、志穂子ちゃんには信じられへんよね」

こんなに自分の気持ちをしゃべる杏梨は、かつて見たことがなかった。職場にいるからだろうか。家族や友達にも言わない本音が、仕事で一、二度会う程度の相手にならむしろ話せてしまう、その感じはわからなくもない。

わたしはふと、伝えそうになった。ジュースの舌触りをよくするための試行錯誤とか、栄養素の吸収率を上げる努力とか、そういうものに気づいてくれる人がひとりくらいはいるんだろうか、とたまに考えること。好きなだけ勉強して希望どおりの職に就いて、だから贅沢《ぜいたく》すぎて言えない、でも、そう思われているのを知っているからこそいくら飲み込んでも溶けていかない、ざらざらと残りつづける小さなこと。

それをどう彼女にもわかりやすく、初対面のときみたいに「そうなんやあ」としか答えようのない表現以外で話すかを考えはじめたとき、彼女は笑顔でこう続けた。

「志穂子ちゃんがいなくなったときに同じ仕事できる人を見つけるのと、あたしがいなくなったときにハルくんが代わりの奥さん見つけるの、どっちがどのくらい大変やろね？」

いつのまにか、BGMが蛍の光になっていた。感情を殺したアナウンスが、当店はまもなく閉店いたします、と告げている。

「ああ、こんな時間。ごめんね、変な話して」

ありがとうございました、と、杏梨はあらためて営業スマイルを浮かべた。商品を差し出して「出口までお送りします」と誘導する動作はさっきまでと同じくなめらかで、それなのにもう、見えない目を彼女にゆだねていたときの安心感は跡形もなかった。

「お気をつけてお帰りくださいませ！」

背中に声をかけられて、店を出る足取りは自然と速くなる。

歩いているうちに落ち着くかもしれないと、エレベーターではなくエスカレーターを使って降りてみた。逆効果だった。螺旋《らせん》のようにぐるぐると下っていくうちに、またお越しくださいませ、どなたさまもお気をつけてお帰りくださいませ、という機械的な女性の声が、いつのまにか杏梨の声に聞こえてくる。まるでぴったりと彼女がついてきているように、建物を出ても耳から離れない。

これからわたしが辿る道を、すぐに彼女も辿る。そして同じ部屋に帰る。

そこにいるべきじゃないのは、間違いなくわたしのほうだ。

ぼやけた視界の中でてきぱきと機材をセットし、無駄のない動きで職務をこなす兄嫁のことを、少しは好きになれそうだと思っていた。でもいま振り返ってみればただ、嫌いになりようがないというだけだった気もした。

＊

ベテランの舞台女優はどんなに強いスポットライトを浴びても、化粧をしている顔には汗ひとつ掻かず、そのぶん背中から流すらしい。プロ根性といえばそうだけど、わたしに言わせればとくに美談とは思えない。体に無理を強いればかならずどこかにしわ寄せがある。ただ、それだけの話だ。

仕事納めの日、いつもよりさらに遅い時間に帰宅した義妹は、なにかが切れたようにいきなりトイレで吐いて倒れた。

翌日、大掃除を手伝うと言ってくれていた夫は彼女を乗せて車で総合病院まで出かけ、わたしはそのあいだにカーテンの洗濯や窓拭きをひとりで済ませた。おそらく疲労によるものではないか、というあやふやな診断だけ受けて夕方に帰ってきた義妹はますますぐったりとしていて、むしろ病院で悪いものをもらってきたんじゃないかとそっちのほうが不安になった。

「あたし、帰るのちょっと遅らせようか？」

いちおう訊くと、やっぱり首を横に振られた。

「これくらいなら寝てれば治るから」

だるそうに和室に戻る背中を見送りながら、気がつくと顔をしかめていた。だれにも迷惑をかけないような言い方をしているけど、万が一うつるものだったらどう責任をとるつもりだろう。そしてまた、早く子供が欲しいと思った。子供にうつったら大変、と言うとまっとうなのに、わたしにうつったら大変、と言ったとたんに薄情になるのはなんでだろう。

夫も心配そうだったけど、おにいがいても役に立たない、と志穂子に繰り返し言われて（車まで出させておいてずいぶんな台詞だ）素直に当初の予定どおり、翌日から友達とのスノボ旅行に出かけていった。一泊二日で、三十一日の夕方に直接帰省するらしい。わたしも予定どおり、大みそかの午前中に夫の実家を訪れ、義母とおせち料理を用意してから夫を迎えるつもりだった。

三十日の夜、寝室で荷造りをしながら義母に電話をかけた。

遊びには何度も行ったことがあるけど、泊まるのは今回がはじめてだ。粗相があっては困るので目につくものをあれこれ詰め込んでいるうちに、荷物はあっというまにいっぱいになってしまった。溢れんばかりのスーツケースをむりやり閉じ、上に座って自分のおしりで重石《おもし》をしてロックをかけていると、映画のヒロインになったようで自然と顔がほころんで明るい声が出た。

『杏梨ちゃん、明日よろしくね。いまちょうどお重を出してたの』

もともと若々しい義母の声も、いつも以上に華やいでいる。

『晴彦は旅行なんですって？』

「いまのうちにって誘われたみたいで。あたし、そういうの苦手やし」

おまえも結婚したことだし、いまのうちに行っとこうぜ。

友人に言われたという誘い文句を邪気なく伝えられたとき、わたしは中にまだなにもいない自分の下腹部を、気づかれないように腕で押さえた。

『まったく、新婚の奥さんをほっぽって遊び歩いて。とんだ放蕩《ほうとう》息子ね』

苦笑まじりの口調はちょっと楽しそうでもあって、義母というよりは共犯者みたいだった。

多くの人が今年の残り時間をひっそりとやり過ごそうとしている年末、こんなふうに同じ感情を分かち合い、子供のように浮かれているのは、世界でわたしたちふたり

げんかんしそうになりながら明日の到着時刻を伝えようとしたとき、

だけなのかもしれない。そんな気さえしながら明日の到着時刻を伝えようとしたとき、

『……でも志穂子に比べれば、連絡してくるだけマシかしら』

電話口の声が、ふいに相応の年輪を帯びた。

『仕事だかなんだか知らないけど、ひとりで育ったみたいな顔して薄情なんだから。どうせそちらでも、大掃除もまともに手伝ってないんでしょ？』

いつのまにか、スーツケースの上で小さくはずんでいた体が止まった。

一瞬返事をためらったのは、単にあまり心配していないことがばれたくなかったからだ。絶対に、天に誓って、事実を隠そうとしたわけじゃない。

「あー……志穂子ちゃん、じつはちょっと体調崩してて」

『体調？　どうして』

「風邪気味みたいです。本人は、寝てれば治るって」

『病院には行ったの？』

「はい、きのう。仕事終わって安心したんやないかな、急に吐いてもうてそれで」

『吐いた？』

とっさに口をつぐんだ。それくらい、怖いほどの大声だった。

『インフルエンザなの？』

「あ、いや、病院で違うって……」

『そんなのわからないわ、初期だと検査で見つからないことがあるらしいもの』

ちゃんと信用できるところに行った？　志穂子はいま寝てるの？　お水は飲ませてる？　まさか脱水症状とか起こしてないでしょうね？　早口で疑問をたたみかけられて、なにから答えればいいのかわからない。そうでなくても、彼女は仮面を脱ぐように一瞬にしてわたしの知る義母ではなくなっていた。

『だれも気がつかなかったの？　そんなことになるまで、なんで』

とがった口調のその人は、まるで世間でよく言われる「お姑さん」みたいだった。怖くて意地悪で不機嫌で、無条件に息子の嫁を憎んでやまないあれだ。結婚以来、夜遅くまで外にいると人さらいが出るよ、と脅《おど》された子供のころみたいに「姑には気をつけて」と面白半分で忠告されてきた、怖がりながらも本当にいるのかはどこか半信半疑だった、あの生き物。

――姑なんてしょせん他人なんだから。

いつかの理恵の台詞を思い出し、悟られないように深呼吸した。

お義母さんは取り乱しているんだ。心配のあまり動揺して、それを隠せずにいるだけだ。年末に連絡すらよこさないような娘でも、彼女がとっくに成人していても、情の深さの前では関係ないのだろう。

たいしたことじゃない。そう、自分に言い聞かせる。

『明日、そっちに行くわ』

「……え？」

ああ、でも。だろう、としか思えないこと、理性で納得しようとしていることが。

もうすでに、まるで納得していない証拠だ。

『こんな時間じゃ電車もないし……杏梨ちゃん、志穂子、いまどんな具合？　まだ吐いてるの？　そもそもあなた、いまどこにいるの？』

義母の動揺が、怒りが、鼓膜を痛いほどに突き刺す。びしっ、びしっと音さえ立てて、それは獲物を狙う水鳥のくちばしみたいに、逃げようとするわたしを打ち据える。

体の下でぱんぱんにふくらんでいるはずのスーツケースが、針で突いた風船のようにしぼんでいく気がした。

淡いシャンパンピンクのそれは、ずっと憧れていたグローブ・トロッターの限定デザインだ。銀座《ぎんざ》の専門店でひと目惚《めぼ》れして分割払いで買った。それまで使っていた安物とは文字どおり桁違いの値段で、でも、どうしても欲しかったし必要だった。ただそこにあるだけのものを捨てて、自分が心から望むものだけを集めて、そうやって、少しずつ生まれ変わるための第一歩として。こんなに素敵なものを持っているわたしが、素敵じゃない場所に行き着くわけがない、心からそう信じるために。

「お義母さん。それでご連絡したんです」

わたしの声は、少なくとも義母を一瞬だけでも黙らせるくらいには、心配そうに聞こえたらしい。

「やっぱりこの時期、いろいろ変なものが流行るみたいで。じつはうちの母親も、急に具合が悪くなったそうなんです。でも、志穂子ちゃんひとりじゃ心配で」

『あら！　お母様、大変じゃない』

声のボリュームがぐっと下がり、口調もなじみのあるものに近づいた。語りかける人すべてを潤そうとするせせらぎのような、気遣わしげで優しい響き。それなのに、きょうだけはなぜかちっとも染み入ってこない。

「大みそかに申し訳ないです。だけど、お義母さんにしか頼れなくて……」

『もちろんよ、すぐに行ってさしあげなさい。そちらのほうが大事に決まってるわ』

壁越しに、痛々しい咳《せき》が聞こえてきた。

志穂子は病院から戻って以来、ずっと部屋にこもって眠っている。食事や冷却シートの用意も断って、キッチンにもトイレにも出てこない。そしてわたしが存在を忘れかけたちょうどそのタイミングで、まるで閉じ込められた手負いの獣みたいに、内臓ごと出てしまいそうな深い咳を何度もする。

この壁がこんなに薄いなんて、知らなかった。物件選びのとき防音には気をつけたつもりだったのに、内側に盲点があったとは。

上京して最初に住んだのは、古い木造1Kのアパートだった。隙間風も悪臭も通し放題、当然防音なんてあったものじゃなかった。どこにあるのかも知らない外国製の安いキャリーケースひとつを持って、夜行バスで男と一緒に行き着く先としてはあまりに陳腐だ。でも、そこからすべてが始まるのだと信じていたから苦じゃなかった。

実際には、なにも始まらないからこそなにかが終わることもない、ただ通り過ぎていくだけの時間が二年続いた。

結局口先ばかりだったその男といよいようまくいかなくなり、最終的にはひとつ屋根の下にいても手すら触れなくなったころ、お金がなくても夢だけは胸いっぱいに詰め込んだような、つまり、上京当時の彼みたいな男が隣に越してきた。そしてすぐにそちらの部屋から、避妊手術前のマリーを思わせる生々しい声が漏れてくるようになった。当時の恋人はそのたびに、うるせえな、と壁を殴った。手が痛くなるとフライパンを叩きつけた。痛めつけるのは毎回決まって同じ位置で、わたしはいつかそこにぽっかりと穴が空き、隣の住人の顔が見えてしまうんじゃないかと心配になった。男に対しなにかを感じることなんてとっくになくなっていたのに、そのときだけ発作みたいに胸が締めつけられる理由が、しばらくは自分でもわからなかった。

アパートの共通玄関で部屋番号の書かれた郵便受けを開けたところに、横に並んだ女から険のある声をかけられるまで。

——あのさあ、ちょっとやりすぎじゃない？

呆然とするわたしに向かい、女は仁王立ちになって腰に手を当てた。

——あんたじゃないの？　男？　だとしたらそいつ相当やばいよ。黙らせるのにかこつけて、遠慮なくストレスぶつけてるって感じがするもん。一緒にいて絶対ろくなことないね。殺されそう。あれでなんとも思わないなんてあんたもよっぽど、

そこで言葉が途切れた。

それまでの挑発的な態度が霧みたいに散ってみると、その女は思いのほか幼い、小動物めいた童顔をしていた。高圧的な姿勢も、わたしより頭ひとつ低い身長を精いっぱい大きく見せようとしていたからだとわかった。

腰に当てていた手をそろそろと下ろし、上目遣いにこちらの表情をうかがいながら、彼女はおそるおそるこう訊いた。

——大丈夫？

あのとき、理恵に出会えていてよかった。

気づかずにいたら同じことの繰り返し、いや、もっと悪くなっていたはずだ。それからも人生の局面を迎えるたび、大事な選択を迫られるたびに、間違いがないか彼女に確認をとってきた。その結果、わたしはいまここにいる。

なにもかも、うまくいくはずだったのに。

『じゃ、明日の朝そちらに伺うわ。杏梨ちゃんは気にせずご実家に戻ってね』

「ありがとうございます。よかったです、お義母さんがいてくださって」

いつのまにか、スーツケースのごつごつした表面を志穂子の咳に合わせて殴っていた。義母の言葉になにも感じなくなるまで。親指を握り込んだ拳が痛んで、麻痺《まひ》して、感覚がなくなっていくまで、何回も。

義母が到着しないうちに、朝一番で部屋を出よう。始発の新幹線は何時だろう。東京から実家まで、お金や時間はどれくらいかかるのだろう。そんなことは、とっくに忘れてしまった。

忘れたままでいられると、思っていた。

＊

なんだか年末年始って感じがしないね。ですね、みんなハロウィンで騒ぎすぎたんですかね。そんなのんびりとした会話を、痛みにぼんやりする頭で聞いた。

「今村さんは実家に帰るの？」

たまには親孝行してきなよ、なんてお決まりの説教がおまけについた質問にも、はあ、とうわのそらで答えた。

大学進学と同時に家を出てから、帰省というものをまともにした記憶は皆無に等しい。実験、論文やレポートの作成、就活なんかをこなしているとのんびりできる時間はほとんどなく、アルバイトもままならないので遊べるお金もなかった。就職するとその点はクリアできたものの、今度は友達と予定が合わず、かといってひとりだと仕事の疲れを押して遠出するだけのモチベーションも上がらなくて、去年もその前も社宅の部屋でなんとなく年を越してしまった。

それに正直、きょうは雑談どころの気分じゃなかった。やっと訪れた仕事納めの朝、起きた時点でもうこめかみのあたりにわだかまっていた不吉な予兆は、まあなんとかなるだろうなんていう甘い予測に反して「摩擦や空気抵抗をないものとして」坂道を転げ落ちる小球のごとく勢いを増していき、昼休みにようやく薬局に行ったときにはもう、手のつけようがなくなっていた。かろうじて早退までは至らなかったものの、それだって判断力を失っていたからかもしれない。

年末年始って感じがしない。

そうだろうか。わたしからすれば、みんなじゅうぶんすぎるほどうわついていた。のんきな職場のおじさんたちも、あんな言動に出た山下さんも。

「ずいぶん遅くまでやってたんだね、どう、一杯くらい?」

まさか、会社の出口で待ち伏せされているとは思わなかった。あやうく帰宅のタイミングが重なりそうになったので、わざわざ悪寒に耐えてデスクで粘っていたというのに。ここ最近さすがに面倒になって目を合わせることすら避けていたので、それで逆に奮起したのかもしれない。

「すみません。ちょっときょうは、風邪気味で具合悪いんで」

「……そういえば、顔色が悪いね」

眉根を寄せた表情を見て、あ、と気づいたときには遅かった。

「よかったら、部屋まで送っていくよ」

もちろん辞退したけど、行く方向が同じである以上、しばらくはふたりでいるしかなかった。

せめて帰宅中だけでも、ひとりで思う存分ぐったりしたかったのに。しかたなく一緒に乗った電車に並んで空いた席はなく、まずわたしだけが座った。送っていくよ、と前に立った山下さんが言い、いいです、とわたしが断り、その問答を三回も四回もするうちに、わたしの隣にいた人が席を立った。単に降りたのか、いたたまれなくなったのかは考えたくない。そこに山下さんがすかさず滑り込み、それからもずっと、送るよ、いいです、を繰り返した。

そして自分が降りるはずの駅に着いたとき、妙におずおずと、彼はわたしの手に自分の手を重ねた。

「……迷惑？」

口調とは裏腹に、いいえ、とか、そんなことないです、という答え以外は想定していない質問だった。ひどい顔を人目にさらしたくなくてうつむくこちらを覗き込む、その様子を見れば嫌でもわかった。

寒気に寒気が重なって、もう体がなにに反応しているのかも曖昧だった。

体調不良に嫌悪感、恐怖も多少あったかもしれない。いずれにせよ、まるで触れられて心が昂《たか》ぶっているみたいに震えが止まらないのがわずらわしかった。あくまで手を重ねるだけで握ってはこないのも、遠慮というよりむしろ、なにかの一端を押しつけられている気がした。

その下がった眉がなぜ困っているのか、自信なげな猫背がなんの顔色をうかがっているのか、それがだれのためなのか。そんなことを深く考えもせず、安易に目の前の相手をロバのようだなんて考えていた自分を恥じた。

「はい」

手を払いながら顔を逸らして答えると、短いうめき声が聞こえた。

ドアが閉まる合図の音楽が鳴り出すと、山下さんはやっと、あきらめたように立ち上がった。ちらっと横目で見た彼はこちらを一瞥もせず、閉まりかけたドアを強引にこじ開けて電車を降りていった。いつもの草食っぽさ、おずおずとした印象とは打って変わって、ふてくされた横顔、荒くて不機嫌な動作だった。

周囲の好奇の視線とこみ上げる吐き気に耐えかね、わたしも次の駅で降りた。

しばらくトイレで休み、どうにか立ち上がってホームに戻るころには、終電が近づいたせいでますます人が増えてきていた。ベンチにぼんやり座ったまま、酒くさくて声の大きい酔っぱらいたちが我先にとどんどん乗り込んでいく車両を眺めていると、あらためてそこに割り入っていく体力も気力も尽きた。

「若い娘さんが、年末まで仕事なんて大変だねえ」

そのまま改札を抜け、駅前で拾ったタクシーの運転手は、どうやらかなりのおしゃべり好きらしかった。父が寡黙なほうだったので、世の中年男性は時に女性よりかしましい生き物であるということを、わたしは就職してはじめて知った。

お互いに運が悪い、と思いつつ、生返事をしながら後部座席の窓に額をつける。冷えたガラスが妙に心地よくて、なんだか嫌な予感がした。

「こんな時間まで女の子がカリカリ働いてたら、ご両親も気が休まらないでしょう。結婚は？　まだ？　じゃあ、ひとり暮らしなんだ。彼氏はちゃんといるの？」

適当にあしらっていればそのうち察してくれるかと思ったら、はっきり答えるまでは黙らないつもりらしい。この調子でだれからも怒られたことがないんだろうか。それとも、怒った時点で負けなんだろうか。

……負けってなんだろう。わたしは、だれにも勝負を持ちかけた覚えがない。

「正月は実家に帰れるの？　駄目だよ、顔くらい見せないと。おねーさん、いくつ？　いまは仕事が楽しいってやつかもしれないけどさ、早く親孝行してあげないとね」

増していくばかりの悪寒と頭痛から気を逸らそうと夜の町を眺めても、目に入るのはさらに具合が悪くなるような、痛々しく浮かれた光景ばかりだった。根強く残っているイルミネーション、ハグしたり怒鳴りあったりする酔っぱらいの集団、クリスマスの余韻と新年への期待。

「兄夫婦が帰るので、いいんです。兄の奥さんがまめに顔を見せているみたいだし」

「そんなの言い訳にならないよ。嫁さんはしょせん他人だもん」

鼻で笑って一蹴するような言い方だった。

「子供だって、嫁の産んだ子と実の娘の子じゃ全然違うよ。うちも男ひとり女ひとりで、両方子供がいてさ。だから、親御さんの気持ちはよくわかるんだよね」

実の娘よりもですか、と訊こうとして、ふと思い直した。

実際、そうなのかもしれない。あの家で生まれ育ったわたしよりも、この人のほうがうちの両親の気持ちを理解しているのかもしれない。ただでさえ弱っているところに、こうして自分の常識こそ世界の常識であると信じて疑わない口調で断言されると、だんだん本当にそんな気がしてきてしまった。

もはや生返事もできずにいるあいだに、最寄り駅のロータリーが見えてきた。

「ここでいいです」

反射的に話を遮ると、えー、と不満げな声が上がった。

「駅からはまた案内するって言ってたよね？」

「言ってません」

即答すると、一転して運転手はむっつりと路肩に車を停《と》めた。

細かいのないの、とわざとらしくため息をつかれながら会計をして、無限に感じる帰り道を歩いた。ほとんどシャッターの閉じたアーケード街は人影もまばらで、山下さんもいまごろとっくに家で酒でも飲んでいるんだろうな、と思った。いくつかの店はもう正月飾りを出していて、洋菓子店のポスターはクリスマスケーキから年賀用の詰め合わせに変わっている。もつれる足で逃げるように小走りをしてやっと兄夫婦の部屋に着いたとたん、わたしはこみ上げる吐き気に押されてトイレに駆け込んだ。

案の定、症状は翌朝になるとますます悪化していた。

ただ、どんなにひどい有様でも経験上、放っておいても治る不調とそうでない不調の区別くらいはつく。今回も前者のつもりで寝ていると、兄が和室に入ってきて、病院に行くようにとめずらしくしつこく勧めてきた。断ると自分のほうが困ったように口元を曲げて、杏梨がインフルエンザかもって心配してるからいちおう、と打ち明けた。年末まで開いている病院をインターネットで探し、兄の車で三十分かけて隣町まで行き、老若男女の咳やくしゃみが飛び交う待合室で半日待って受けた診断が「心身の疲労からくる体調不良」だったときには脱力してますます体が重くなったけど、居候の身である以上、文句を言うわけにもいかなかった。

ひとり暮らしで体調を崩すと絶望的に心細い、とはよく言われるけれど、個人的な実感はまるで異なる。対処法さえわかっていれば、自分のペースを乱されずに苦しみを全身で発散できるほうが気楽ですらある。兄夫婦が口々に看病を申し出るのを今度こそ断って和室に閉じこもったものの、杏梨が掃除をしたり洗濯機を回したりする音を聞きながらひとりで寝ていると、さすがに自分がどうしようもないろくでなしになった気分だった。あるいは、小姑という名の妖怪にでも。

眠ってはうっすら目覚めを繰り返し、やっとまともに起きられたのは、大みそかの昼になったころだった。

めまいをこらえながらなんとか立ち上がってトイレに行き、台所で水を飲むとどうにか人心地がついた。兄夫婦は揃って出かけたらしく、部屋にはほかにだれもいない。おかげで、まわりの状況や自分の体調を客観的に確かめる余裕もできた。

熱は引いたようだが頭はまだ重く、食欲はないこともない。とはいえ、あまりしっかりしたものは体が受け付けないかもしれない。おそらく回復期に入ったようだが、ここで調子に乗ると再発の恐れもある。もう少し眠る、なにか胃に入れる、シャワーを浴びて汗を流す、どれが最適かと立ったまま検討しはじめたとき、唐突にインターフォンの音がした。

こんな年の瀬に、と耳を疑いながら、壁にかかった防犯用モニターを確認した。

そして、そこに映ったエントランスの光景に、今度は目を疑った。

「どうしたの？　ママ」

『どうしたのじゃないわよ！　倒れたって聞いて、あわてて来たんだから』

そういえば昨夜、壁越しに杏梨がだれかと話している声を聞いた気がする。旅行中の兄とでも電話しているのかと思っていた。よけいなことを、と内心舌打ちする。

「どうせ忙しい忙しいって言ってろくなもの食べてなかったんでしょ。外食ばっかりしてたらこういうとき困るんだからね！」

解錠ボタンを押して一分も経たないうちに現れた母は、はちきれそうなレジ袋を両手に三つもぶら下げていた。

弾丸のようにまくし立てながら玄関で靴を脱ぎ、足音と鼻息も荒く廊下を突進して、テーブルに袋の中身を次々と広げていく。まずひとつめの袋からは水分、ペットボトルのスポーツドリンクにミネラルウォーターにビタミン飲料。ふたつめは食事、卵にうどんに果物のゼリー。まるで四次元ポケットだ。運動なんかまともにしたこともないはずの、母の生白い腕をまじまじと見つめてしまう。

「ちょっとは杏梨ちゃんを見習って、料理のひとつでもしなさい」

そう言いながら母は最後の袋を開け、中身を取り出した。

またしても、わたしは目を疑った。

それはおそらく一日一本飲んでも半月はもちそうな量の、各社の野菜ジュースの紙パックだった。どれも数年来市場から消えていない、人気という言葉さえ通り越した定番商品で、つまりうちの競合相手でもある。一日分の野菜が一本で。十五種類の野菜と三種類のフルーツ。ベータカロテン、ビタミンC、リコピン。それぞれの特色と売り文句が、脳内で勝手にはじき出される。

「三つくらいお店を回ったけど、なかったわよ、あなたの作ったの」

冷蔵庫に卵やゼリーをしまいながら、母は無邪気にそう言った。

「あんまり人気ないみたいねえ。発売したときご近所に配ったりもしたけど、みなさん続けて買ってるふうでもないし。味がふつうなわりに値段が高いからかしら」

ぱたん、と扉が閉じた。

中に入りきらなかったのか、野菜ジュースはテーブルの上に置かれたままにされている。等間隔に並んだ色鮮やかなパッケージは、いまのわたしの目にはまるで墓石のように見えた。

「そういえば、あのCMに出てた女優さん、いま揉めてるって知ってた？　ひとりで昔のセクハラ被害かなにかを告発して、そのせいで仕事が減ってるんですって。たしかにかわいそうだけど、それにしてもほかにやり方はなかったのかしら。彼女、独身でしょ？　あなたも早くいい人を見つけないとね。ただでさえ無理しすぎるんだから、やっぱり心配してくれる人がそばにいないと――」

「ママ、なにしに来たの？」

ようやく母は口をつぐみ、野菜ジュース越しにこちらを振り向いた。

「なにって心配だったのよ」

「じゃ、いい人がどうとか関係ないでしょ」

「ひとりだとほら、こういうときとか、前みたいな目に遭ったときに困るじゃない」

前みたいな、というのがなにを指すのか、とっさにわからなかった。ここ数か月間、あまりにもいろいろなことがありすぎた。

「空き巣はあたしのせいじゃないし、芸能人とあたしの仕事は関係ないでしょ。なんなの、弱ってるとこにつけこんで人をバカにしに来たの？」

「どうしてなんでもそういうふうに考えるの？」

母は傷ついたように言った。いや、実際に傷ついているんだろう。この人はいつもそうだ。いつだって心を痛めるのは自分だけで、こちらの権利は根こそぎ奪ってしまう。まるで早い者勝ちみたいに、あなたはわたしより強いんだから、それくらい当然でしょう、という顔で。

「……ちょっとは、杏梨ちゃんを見習いなさい」

ぶちん、と頭の中で、古いテレビの電源を切るような音がした。

「じゃあ、あの子に娘になってもらいなさいよ！」

そして気がつくと、わたしはこれ見よがしに陳列された野菜ジュースを手で払いのけていた。腕のひと振りで八割方のパッケージが宙を舞い、いくつかはテーブルの上で倒れ、いくつかは床に落ちた。手近なひとつを摑《つか》んで、壁に向かって投げる。

「かわいい嫁とよろしくやってりゃ満足なんでしょ、なんでほっといてくれないのよ！」

突然壊れて暴れだした娘を、母は啞然《あぜん》として見つめていた。

「急にどうしたの？　落ち着きなさいよ」

「落ち着いて話したって聞かないくせに」

「あなた言ってることがめちゃくちゃよ」

狼狽《ろうばい》はしているものの、どこか冷ややかな声だった。

この構図には覚えがあった——学生時代、進路のことで母と揉めたときと同じだ。ただ、そのときは立場が逆だった。どれだけ論理的に説明してもまるで聞く耳を持たず、あげく対話を放棄して泣きだしさえした母の姿は、当時のわたしには理解不能だった。お母さんを困らせるな、と父に叱られてもまるで納得できなくて、正しいことを言っただけで勝手に悲しまれて泣かれるなら、そして自分までその同類みたいに扱われるなら、この人と話し合うことなんか二度とごめんだと思った。

いまのわたしも、母の目からはああいうふうに見えているんだろうか。

「ふてくされるのはやめてちょうだい。だいたい、そんなに怒るってことは自分でも身に覚えがあるってことじゃないの？　後ろめたいことがないなら、なにを言われても平気なはずじゃない。お母さんはあなたを心配しているだけなんだから」

「心配してれば挑発してもいいわけ？」

「挑発なんかしてないでしょ。もう二十七なんだから、ちょっと大人になりなさい」

「大人ってなに、ママにとって都合がいいってこと?」

「またそういう言い方をして! まったくそんなんだから」

「そんなんだから貰い手がないそんなんだから結婚できないそんなんだから、って、いつになったら認めてくれるの、なんで嫌なこと嫌って言ったら『もう大人なんだから落ち着け』になるの、なんであたしはあたしなのにほかのだれかを見習わないといけないの、なんでなんでなんでなんでなんでッ!」

テーブルを両手で叩きながら、わたしは叫んだ。そうやって荒れれば荒れるほど、母が冷めていくのが伝わってきた。わかっているのに、止められなかった。蟻《あり》地獄みたいだった。

「志穂子。あなた、杏梨ちゃんがうらやましいんでしょう」

わたしが息苦しくなって口をつぐむのを待ってから、母は静かにつぶやいた。

「晴彦やわたしたちを奪われたみたいで、妬いてるのね? そんなの、ずーっと自分のことしか考えてこなかったのはあなた自身なんだから。八つ当たりするのはやめなさい」

全身の感情という感情、感覚という感覚が、その瞬間に死んだ。

ただ、痺《しび》れるような手の痛みだけが、からっぽになった体をじわじわと駆け巡った。

痛みは記憶を呼んできた。なぜか、母や杏梨のことじゃなかった。母さんは心配してるんだ、困らせるんじゃない、という父の無関心な決まり文句。結婚式場の控室で杏梨を見つめていた兄の茫洋《ぼうよう》とした眼差し。娘と嫁の子供は違う、と言い切ったタクシー運転手のバックミラー越しのしたり顔。山下さんの手の生ぬるさと上目遣い。今村さんにもかわいいとこがあるんだね、というだれが言ったかも忘れた台詞まで、まるで走馬灯みたいに。

これが人生の最後に見える景色だとしたら、いますぐ本当に死にたい。

いつのまにか母はわたしに背を向けて、散らばった紙パックを拾い集めていた。力なく丸まったその背中から目を逸らし、無感覚のまま黙って出て行こうとした、そのときだった。

「……なんのために育ててきたんだか」

ぽつりと吐かれた声を合図に、一気に血が流れだした。

全身の感覚がよみがえってくる。同時に頭痛や吐き気もぶり返してきたけど、それを無視して足早に部屋に戻った。パジャマの上にコートを羽織《はお》り、洗っていない髪はひとつに束ね、マフラーとマスクで顔を覆う。財布を持ったところでいったん振り向くと、兄夫婦の寝室と和室を隔てる壁が目に入った。

どうしても触れられなかったそれに、なにもかもを盗み聞きされていた気がした。ポケットに手を突っ込む。入れっぱなしだった携帯電話が、指先に触れる。

次の瞬間、壁の中央めがけてそれを投げつけていた。

ばあん、とぶつかったはずみで蓋が本体から外れる。志半ばで爆発した人工衛星の光景が頭をよぎった。床に墜落していくところを最後まで見届けず、玄関で冷えた靴に足を突っ込み、わたしは母をひとり残して兄夫婦の部屋を飛び出した。

❊

まず東京駅まで行って、新幹線で京都に出る。近鉄の特急に乗り換えて、特急から各停にまた乗り換え。最寄りの駅に着いたらロータリーから二十分ほどバスに乗り、住宅街の入口で降りる。そこからさらに坂を上らないと、実家に戻ることはできない。

道のりの長さと複雑さは、ふだんは東京で送っている日常とのあいだに頼もしい壁として立ちふさがってくれる。でもいざ乗り越えるとなると、まるで使い古した重たいカーテンのように暗く心を曇らせる。そのくせ、こうして来てみればあっというまだ。

東京駅を出て四時間あまり。上京するときには夜行バスを使ったから、その程度で着いてしまうなんていまだに信じられなかった。冬の太陽がてっぺんから傾く気配を見せはじめたときにはもう、わたしは実家の玄関先に立って、壊れかけた呼び鈴を鳴らしていた。

返事はない。もう一度鳴らしても、同じ。

ため息をついて引き戸に手をかける。予想どおり、なんの抵抗もなくからからと開いた。ただいま、といちおう声をかけながら、四隅に砂のたまった三和土《たたき》で靴を脱ぎ、もう十年は交換されていない玄関マットをまたぐ。真新しいスーツケースは、それ以上先に持ち込む気になれなくて置いておいた。

リビングのカーテンは閉まっていた。天井灯も消えたままだ。つけっぱなしのテレビだけが、ソファに横たわるシルエットを黒く浮き上がらせている。嗅くさい吐瀉《としゃ》物や排泄《はいせつ》物のにおいに耐えかねて電気をつけた。ぱっと白い光が満ちて、目に入るごちゃごちゃした情報が嗅覚にうっすら蓋をしてくれる。

──なあああ。

テレビの音にまぎれて、部屋の奥から腐りかけの果物みたいに粘っこい声がした。

「おかあさん？」

呼びかけに反応して、ソファの上の塊が動く。

くしゃくしゃのブランケットをどけながら、部屋着姿の母がのっそりと上体を起こした。朝起きたときから着替えていないどころか、顔もろくに洗っていないらしい。知らないあいだに灯《とも》っていた明かりにまぶしそうに眉根を寄せ、そのままの表情で不機嫌にこちらを見て、値踏みするように目をすがめてからようやく言う。

「おかえり」

「……ただいま」

さりげなく周囲を見渡して、異臭の源を突き止めた。ソファの足元に散らばった新聞を拾い、それで床にこぼれたマリーの吐き戻しや、猫用トイレからはみ出た排泄物を拭う。ここにいるときに何度もしていたことだから、もう慣れたものだ。

「手、洗ってき」

幾重にも丸めた新聞紙をゴミ箱に入れると同時に、低い声がそう命じてきた。

洗面所の鏡は水垢《みずあか》だらけだ。フックにかかったタオルはからからに乾いて、少なくとも一週間は替えていない。固形石鹸《せっけん》はとっくに粉をふいてひび割れ、おばあさんの踵《かかと》みたいだった。古い石鹸にはゴキブリがたかると何度言っても聞いてくれない。こだわりがあるわけじゃなく、耳にしたそばから娘の意見なんか忘れてしまうのだ。

水だけで手を洗い、自分のハンカチで指を拭きながら戻ると、部屋の隅にいたらしいマリーがようやくおずおずと姿を現した。

声から想像したよりは、老け込んでいなかった。思わずほっとしてしまう。それでも、かつて真っ白だった毛並みはうっすらと黄ばんで、赤ん坊が唾液だらけにしたタオルみたいにところどころ束になっていた。あまり目が見えないのか、少しおぼつかない様子でよろよろと近づいてきて、触れない程度の距離を保ちつつこちらの足元をゆっくりと回る。粗相を叱られなくて安心したらしいけど、わたしを思い出したのかどうかはわからない。母でなければだれでもいいのかもしれない。

ああ頭が痛い、と言いながら、母はやっと立ち上がった。はずみで毛布が落ちる。

まるで地獄のライナスだ。かつての模様も色も、素材さえわからなくなった古いそれを、彼女はわたしが物心ついたころから使っている。ライナスと違うのは、それ自体が好きだったり大事だったりするわけじゃないということだ。なんとなくそばにあったものを使いつぶしているだけ。とっくに寿命が尽きていても気づきもしないだけ。

この家のものはぜんぶそう。

そのくせ、手放すとなるとムキになる。ボロボロになってよそに癒しを求めた父に別れを告げられたとたん、これ見よがしにうつ病を悪化させたように。離婚後もヒステリックに親権を奪い取り、元夫に一度も娘との面会を許さなかったように。

「食事は」

「まだやけど、おなか空《す》いてへんし」

「おせちの残りならあるけど」

四人がけのダイニングテーブルには、たしかに重箱が用意されていた。スーパーかなにかで買ったらしい。蓋を開けるとすでにあちこちに隙間があった。

「昨日きょう連絡されたって、そうそう準備もできんわ」

「悪かったたって。べつになんにも言うてないやん」

まただ。この時季、母はいつも以上に調子が悪い。冬季うつというやつだ、日頃のストレスが年末年始で一気に出るからしょうがないのだと本人は主張するけれど、わたしにはその都合のいい言葉に寄りかかって、自分から不機嫌の海に沈んでいるようにしか見えない。

「晴彦さんは、こんな年の瀬まで忙しいの」

うん、と答えた。仕事だとは言っていないから嘘じゃない。大変ね、とつぶやく声に感情はなかった。この人にとって、自分以外はだれも「大変」じゃないのだ。

「奥様は?」

「お義母さんなら元気よ」

「お歳暮のお礼、あんたからも言うといて。にしても、相変わらず優雅ねえ」

くふん、とマリーがくしゃみと同時に毛玉を吐いた。食欲はなかったけど、マリーを膝に乗せてやるために席についた。

「そんなに優雅でもないよ。主婦かて、お給料もらわれへんけど立派な仕事やん」

「は、あんたもすっかり人んちの嫁やね。体《てい》のいい介護要員にされんよう気ぃつけや」

「ちょっと、そんな言い方やめてよ」

母は台所からお箸を二膳と、自分の湯呑《ゆの》みを持ってきた。向かいに座ってお箸をこちらに放り、耳障りな音を立ててお茶をすする。

「介護要員なんて、そんな人ちゃうわ。あたしあの家でようしてもらってるよ」

「そら、他人やからね」

マリーの額を撫でていた手が止まった。

催促するように、伸ばしっぱなしの爪がわたしの肌を掻いてきた。きちんと研ぎさえすれば孫の手みたいに心地いいはずのそれは、鍛えようのないやわらかい部分に痕がつきそうな痛みを残す。

「よそから来た女やもの、気も遣うわよ。孫も産ませんとあかんし」

「ちょっ」

「嫁なんてな、異物って点では、いびられようがかわいがられようが変わらんのよ。必要やから招き入れられるお客さん。介護なり出産なり仕事せな、居場所がなくなるんはあっちゅーまやで」

大丈夫。大丈夫だ。

わたしはマリーが引っ掻くのに任せて、痛みに意識を集中させる。

「嘘やと思うなら、子供産まずに十年ぐらい居座ってみてごらん？」

いままでとは、違う。わたしはもうこの家の所有物じゃない。使いつぶすまでボロボロにされる毛布じゃない。ほかにちゃんと帰る場所があるんだ。

「……なんでそんなんわかるの。お母さん、あちらのご家族のこと知らんやろ。ろくに話したこともないやん」

「大みそかにひとりで実家帰されてる時点であかんやろ、ふつうに考えて」

「だからそれは、お母さんのこと心配してくれて」

「体のいい厄介払いちゃうの。口ではなんぼでも調子よく言えるんやから」

「悪口言わんといてよ。働いてるからって自分はそんなに立派なん?」

お重を直接つついていた母の箸が止まった。こちらと目を合わせず、座り疲れたように椅子から腰を浮かせる。

「だれもそんな話してないやろ」

「しとるわ。あっちのお義母さんを悪く言いとうてたまらんようにしか聞こえん。なんなん、偉そうに。尊敬してほしいなら、ちょっとは生きてて楽しそうにしたらどうなん?」

「そっちこそなんやの、偉そうに。お腹痛めて産んだった母親に、よう平気でそんなこと言うな」

出た。伝家の宝刀だ。そんな痛み、きっと自分だってとっくに忘れているくせに。

わたしをきちんと見てさえくれれば、ちっとも「平気」じゃないことくらいわかるはずなのに。

「だって、お母さん」

「悪口なんて言うてないやろ。なんにもせんと居座ってかわいがられるなんて、そんな虫のいい話ないて言うてるだけやんか。なんなん勝手にひねくれて、あんた昔からそうやわなんであたしがそんな言い方されなあかんねん」

しだいに早口になっていくのは、スイッチが入った証拠だ。わかったところでなにもできない。いままでとは違う、違うと叫びつづけていた心が、みっともなくしぼんで空回る。

文句を言いつづけていた母が、ふいに腕を振り上げた。

「心配してやってるのに揚げ足取って！」

次の瞬間、彼女は握っていた箸をテーブルに思いきり叩きつけた。

ぱあん、と硬い木の実の殻がはじけるような音がして、二本の棒がばらばらの方向に飛び散った。そのうち一本はわたしの目の下ぎりぎりをかすめる。だけど、母はそれすらも見ていなかった。

「ばかばかしい。自分を年末に厄介払いするような姑が、ここまで血ぃ吐く思いで育ててやった母親よりも大事なんか。よおわかったわ、好きにせえ！」

吐き捨てて、どすどすと足音を立てながら母は二階へ上がっていった。

――なああああ。

いつのまにか、マリーは膝から下りていた。ソファの陰から媚《こ》びるような声がする。

とっくに若さと愛らしさを失ってなお、かつてと同じやり方で憐れを誘おうとしている。その様子がなぜか無性に腹立たしくて、ぎゅっと握った拳の中でつけられた引っ掻き傷が痛んだ。

その瞬間に、はっとした。

わたしは玄関に走った。番犬を乱暴に引っ張るようにスーツケースを転がしながら、長い坂道を駆け下りた。バス停から震える指で「夫の具合が悪くなった」と母にメールを打ち、そのままスマートフォンの電源を切った。家族の体調不良。わたしには、いざというときの言い訳がそれしかない。

こうやって実家から飛び出すときまで、少しでも母の機嫌をとろうとしている。いままでとは違うなんて、嘘だった。

ついさっき来た道を戻りながら、わたしはずっと、お守りみたいに夫の顔を思い浮かべていた。東京に着いたら彼に電話して、いまからでもそちらの実家に行きたいと伝えよう。具合悪いって言うから帰ったのに、お母さんと喧嘩してさあ。嘘をつかなくても言い方にさえ気をつければ、きっと苦笑しながらも迎え入れてくれる。

そして、今度こそ話そう。

子供が欲しい。あたしは、あなたと家族になりたい。

もし、子供がいなくても家族だとか、まだ早いんじゃないかとか、いつものようにはぐらかされたら？　決まっている、今度こそ言ってやるのだ。いままで言えなかったことをすべて。

「そんなん自分の感じた言葉ちゃうやん、どっこにでもあるだっれにでも言える正論やん。はっきり言ったらどうなん、いらんめんどくさいって。そのほうがなんぼかマシやわ、こっちは家族やと思って本音で話してるのに。男の人はええよな、きれいごとばっか言うて女がテンパったら『これやから女は』ってわかったような顔しとったらええんやもん」

ああ、駄目だ。こんな言い方をしてはいけない。夫婦だからってなんでもぶつけていいわけじゃないのだ。家族ならなにを言ってもかまわないだなんて、傷つけたってしかたないだなんて、そんなの、
お母さんにそっくりだ。

ぎゅっ、と喉の奥が鳴った。

東京駅で新幹線の改札をくぐって、そこでようやくスマートフォンをオンにした。待受画面が表示されて、まず、不在着信を告げるショートメールを受信する。一瞬ぎょっとしたけれど、〇九〇から始まる電話番号は母ではなく夫のものだった。折り

返そうとしてからふと、残りの電池が心もとないことに気づく。近場にあったコンビニで持ち歩き用のバッテリーを買い、スマホに接続するとぱっと充電中を示すランプがついた。

赤一色だった光が、緑に変わる。

ＬＩＮＥ着信。送信者は夫だった。

『志穂子から連絡いってない？』

最初はその一行だった。遡って読んでいくと、よほど焦っているのか、こちらがなにも答えない、どころか既読にもしないうちから続々と、新しいメッセージが飛び込んできている。

『母さんと喧嘩して飛び出したらしくてさ』

『いま実家なんだけど母さんが半狂乱で』

『まだ具合もよくなってないみたいだし』

『俺がいないあいだになにか聞いてる？』

通知ランプが毒々しく交互に点滅する。充電中の赤、着信の緑。

なんにもせんと居座ってかわいがられるなんて、そんな虫のいい話が。

お母さん、そんな虫のいい話が、あるよ。志穂子、志穂子、また志穂子。

メッセージの連投は、自分を納得させるようなこんな言葉で終わっていた。

『友達の家とかにいるのかな』

友達の家？

思わず笑ってしまう。わたしと同い年なら、友達なんてそこその数が既婚者だ。独身の子もほとんど実家に戻っている。だいたい大みそかになんの約束もなく「友達の家」に押しかけて、すんなり泊めてもらえる二十七歳の女がどこにいるんだろう？

認めたくないけど、確信があった。

わたしには、彼女がどこにいるかわかる。みんなどうしてわからないんだろう。わたしから志穂子の居場所を夫や義母に教えるなんて、そんなの死んだほうがマシだ。

ぼんやり眺めているうちに、夫から、新しくメッセージが入った。

『杏梨も実家にいるのにごめんな』

『母さんにつられてつい動揺しちゃったみたい』

『そっちのお母さんは具合大丈夫？　こっちには気を遣わずゆっくりしてください』

『せっかくだからきなこの雑煮でも食べておいで』

唐突な台詞の意味が、最初はわからなかった。

それから気づく。知り合ったばかりのころ、雑談がてら教えたことを覚えていたらしい。うちの地元な、白味噌のお雑煮からお餅だけ取り出して、きなこつけて食べるんよ。あたし、こっちに来るまで日本全国そうやと思ってた。あ、うっそー、みたいな顔した。ほんまにおいしいんやって！　今度試してみる？

そのときの返事は忘れた。

でも彼は、食べておいで、と送ってきた。

赤と緑が交互に灯るスマホを、わたしはそのままコートのポケットに突っ込んで、スーツケースの持ち手を強く引いた。

✽

ピンポーン。ピンポーン。

呼び鈴の音に反応することは、そういえば、めったになくなっていた。宅配便なら不在票が入るし、急に訪ねてくるような非常識な友達もいない。ガスや水道の点検なら事前に連絡がある。いきなりこの音がする場合、たいていろくなことが起こらない。

新聞の勧誘員をうっかり通してしまったときは、ノルマに目の色を変えた相手に「新聞も読まないなんて最近の若者は」と罵られた。NHKの訪問員を名乗る男にテレビがないと伝えたら、「ニュースも見ないんですか」と眉をひそめられた。ようやく外から来るものを警戒することに慣れてきた、その矢先に今度は空き巣だ。

ピンポーン。ピンポーン。

だんだん怖くなってきて、布団を頭の上まで被る。

いつもなら無視してさえいれば、どんな相手であろうがとりあえずはなんとかなる。許可なく人の住居に入ることはできない。それなのにいま、そう確信できずにいるのはもちろん前例があるからだ。遅れて空き巣の被害を申し出たときの「三日もなにしてたの?」という会社の担当者の呆れ顔、警官がこぼした失笑、どうかしてるわ、と涙ぐむ母の声。

泣きたいのはこっちだ。鍵はかけていたし、覗かれないように遮光カーテンも閉めていた。そのカーテンの柄だって性別不明のものにしていたし、下着を外に干したこともない。つつましい警戒を力ずくでなぎ倒され、安全なはずの場所を無理に暴かれた。たしかにすぐ気づかなかったのは間抜けだけど、それだけの話のはずだ。消えた下着の行き先は考えないことにした。せめて、わたしの顔を知った上で盗まれたのではありませんように。卑屈な祈りに愕然としてみたところで、もうなにもできない。

よくそんな部屋に平気で住もうと思えるわね、と言われたって、それならどうしたらよかったのだろう。助けてほしいと言えば、かわいいね、と組み伏せられる。弱っている素振りを見せれば、強がっていても女の子なんだね、と踏みつけられる。どこまで警戒しなくてはいけないんだろう。そもそも、わたしはなにに対して怯えているんだろう。

ピンポーン。「今村さんにもかわいいとこがあるんだね」ピンポーン。「杏梨ちゃんがうらやましいんでしょう」ピンポーン。「杏梨ちゃんを見習いなさい」ピンポーン。「心配だな」「迷惑？」ピンポーン。ピンポーン。

「志穂子ちゃんがいなくなったときに同じ仕事できる人を見つけるのと、あたしがいなくなったときにハルくんが代わりの奥さん見つけるの、どっちがどのくらい大変やろね？」

まだだ。まだまだ鳴りつづける。どこまでも追ってくる。こちらが負けるまでいつまでも帰らない。ピンポーン。ピンポーン。ああ、呼び鈴ってどうしてこんな音なんだろう？　クイズに正解したときの音。ピンポーン。急にやってきておいて、自分が正しいと言わんばかりに。ピンポーン。これが正解です。ピンポーン。拒むあなたが悪い。ピンポーン。うるさいうるさい、ほっといてよ、押しつけがましいんだよ。ピンポーン。

ピンポーン。

目が開くのと意識が覚醒《かくせい》するのは、ほとんど同時だった。がばりとベッドで上体を起こす。シャワーだけ浴びて、そのまま眠ってしまったらしい。スマホがないので時計がわりにテレビをつけると、右上に表示されたのは予想より深い時刻でわけもなく焦った。ＮＨＫの訪問員は、本当にテレビを買ったら逆に来なくなった。そう名乗るだけの詐欺師だったのかもしれない。

おそるおそる、ベッドから立ち上がる。

兄夫婦の部屋と違って、おんぼろの社宅には防犯用のモニターもオートロックのエントランスもない。訪問者の正体を確認したければ、直接玄関まで行かなくてはいけない。念のため、武器になりそうなもの、と思って周囲を見渡す。包丁——じゃ、いくらなんでも。正当防衛でも大みそかに人殺しにはなりたくない。冗談めかして考えてから、ぞっと背中が粟立《あわだ》った。

足音を殺して玄関に向かい、裸足《はだし》のまま三和土に下りる。スコープの蓋をそっとずらしてから、そのままの姿勢でしばらく躊躇した。

マンションやアパートのドアに覗き穴をつけることを、最初に決めたのはたぶん男性だと思う。厳密に言うと「そのままドアを開けるのは不安だという女性からの意見がありますが」「はあ、じゃあ覗き穴でもつけとくか」みたいな感じで、企画会議かなにかで適当に決めたんじゃないだろうか。この穴に目玉を触れさせ、ドア一枚しか隔たりのない距離にいる見知らぬ人間の顔を確認する。そんな一瞬を味わうくらいであれば、わたしなら無視することを選ぶ。——いつもなら。

眼圧検査のように、おそるおそるスコープを覗いた。

そして、なにかあったら振り回そうと思っていた鞄《かばん》を取り落とした。

どさりという音があちらにも聞こえたらしく、あ、と小さな声がした。あわててロックを解除しチェーンを外す。ドアを半開きにして直接見ても、やっぱり間違いではなかった。

「……え、なに?」

「こっちの台詞や。なんやの、あんた」

ミルクティー色のコートを着てピンクのマフラーを巻いた杏梨はそう言って、わたしなら絶対にしない「頬をふくらませる」という表情をごく自然にやってのけた。

「大の大人が家出って。しかも、この年の瀬に。甘ったれんのもええ加減にせえよ。お義母さんがどんだけ心配してると思ってんの？」

しだいに状況が飲み込めてきたけど、冷静でいられたのは一瞬だった。

「あんたになにがわかるのよ」

ドアノブを持ったまま、低い声で言う。

タイツを穿いた杏梨の足が半歩下がりかけ、それからぐっと踏みとどまった。ふん、と鼻を鳴らし、腰に手を当ててみせる。

「わかるわけないやろ。なんなん？　わかってくれへん人はみーんな追っ払って、大みそかもひとり、新年もひとりか。そうやってだれからも見放されてひとりで、死んでくつもり？」

怒るってことは自分でも身に覚えがあるってこと、と母は言った。意味がわからない。たとえ的外れでも、いや、的外れだからこそ、石を投げられれば怒る権利はだれにでもある。

「そう思いたければ、勝手にどうぞ」

答えるなり、全力でドアノブを引いた。ガチャンと小気味よい音をさせて閉まるはずの扉はしかし、残り数センチのところで代わりにガッと鈍い音を立てて止まった。

「……な？」

おそるおそる、下を見る。

まさかと思ったらやっぱり、そこに兄嫁の靴が差し込まれていた。焦げ茶色のラウンドトゥパンプス。爪先にリボンがついた、いかにも育ちのよさそうなデザインだ。間違っても、こんなふうにドアをこじ開けさせることを想定したものじゃない。

「開けえや」

ドアの隙間からこちらを覗く杏梨の表情は、一切変わっていなかった。

そしてあろうことか、今度は空いた場所に自分の鞄をねじ込んでその隙間を拡大しようとしだしたので、わたしは彼女の足を気遣う余裕もなく必死でドアノブにしがみついた。

「いやだ」

「ええから開けえや」

「やだってば！」

「つべこべ言うなや子供か！」

「どっちが子供よぉ！」

「どう考えてもそっちやろ、あんたの家族が心配してる言うてんねん！」

「そんなに気遣うなら、あんたが大好きなお姑さんのところに戻ってあげればいいでしょ！」

「あたしやったらあかんから来たってんねん、ああもうさっぶいねんはよ開けえや！」

可憐《かれん》な声とヤクザめいた口調のギャップに、つい気圧《けお》されてしまった。

その時点で勝負がついた。こちらの力がゆるんだ拍子に杏梨はドアを全開にして、
ああさぶ、とぼやきながらとっとと靴を脱いで上がり込んでしまった。わたしはひとり、玄関に残される。

いや、もうひとつ、一緒に取り残されたものがあった。さっきまでちょうど死角になっていた場所に、杏梨のものらしいスーツケースが放置されている。モノクロ映画でオードリー・ヘップバーンあたりが引っ張っていそうなデザインで、ちょっと治安の悪い国にこんなものを持っていったら即座に追い剝ぎの餌食になりそうだ。あきらかに防犯性皆無のレザーベルトのあしらわれたそれを、いったん中に引き入れてから鍵をかけた。

てっきり母に言われてわたしを探しに来たのかと思ったけれど、違うんだろうか。

とりあえず部屋に戻ると、杏梨は所在なげにあたりを見渡しながら、それでも仁王立ちを保って「ごっちゃごちゃのくせになんもないやん」と家出してきた女子高生みたいに毒づいた。

「変なの。ソファもないなんてどこ座ればええん？」

「床にでも座りなさいよ」

「ちゃんとクイックルワイパーとかしてんの」

杏梨はぶつぶつ言いながらも目ざとく部屋の隅にパソコンデスクを見つけ、さっと椅子を引いて座った。文句を言う気力もなく、わたしは黙ってベッドに腰を下ろす。

「親と喧嘩してひとりで年越しか。惨《みじ》めやなあ」

服も顔も髪もいつもどおりかわいらしく作り込んであるのに、杏梨はいつもの愛想笑いを完全にかなぐり捨て、これ見よがしに足を組んでみせさえした。なにもかもをあきらめたような豹変《ひょうへん》ぶりに、怒りや困惑を感じるよりむしろ心配になった。この人、いまから行方でもくらますんだろうか。それであの大荷物なんだろうか。

甘い声色とやわらかい関西弁、一分の隙もない笑顔。すべてが嘘くさくて、彼女を信用できたことなんか一度もなかった。自分の意志なんかないような顔をしてなにひとつ痛い思いをせず、そのくせ、平気で人を踏み台にしてまわりの支持を集める姿にイライラしていた。

化けの皮を剝いでやりたかった、それは事実だ。

でも、こんなものが見たいんだったか。

「……なんであたしの住所知ってるの」

「なに言うてんの、ダダ漏れや。あんたの個人情報、ネットでぜんぶ流出しとるで」

指先が急に冷えた。風が窓を叩く音が大きくなった。

硬直するわたしを杏梨はおもしろくもなさそうに眺め、冗談や、と続けた。

「結婚式の招待状」

「……は」

「招待客のデータ、だれが管理してたと思ってんの」

なるほど、聞いてみれば簡単だ。こわばっていた肩から力が抜ける。

それからようやくからかわれたと気づき、頰がまた熱くなった。

「なにしに来たのよ、具合悪いんだから帰ってよ」

「こんなとこ、ひとりでおったらよけい悪なるわ。紙と本だらけやし、台所にはなんもないし」

「下着盗まれれば男がいないせい、体調崩せば仕事のせい、仕事すればおまえの商品は売れてない、って耳元でささやかれつづけたほうがよっぽど悪化するっての」

「心配してんねん、親子やろ」

「心配してればわざと嫌がること言う権利があるわけ？」

杏梨は一瞬、沈黙した。それから吐き捨てるように「しょうもな」とつぶやいた。

「お義母さんもかわいそうに」

「なら、あんたが行けばいいじゃない」

「できるんやったらそうしたいわ」

そう言って、杏梨はわたしから目を逸らした。その唇が一瞬、口紅をなじませるときのようにきゅっと内側に丸め込まれる。

「しゃあないやろ。必要なのはあんたやねん」

「……は？」

「あたしがどんだけ努力しても、わがまま放題やってる血のつながったあんたには勝てへん。自分をほったらかしてるあんたのことが、お義母さんはめっちゃ心配やねん」

「心配、って」

「あんた気づいてないんよ、どんだけ愛されてどんだけ恵まれてるか」

「違う」

「なにが違うねんな、たかが風邪ひとつで大みそかに駆けつけたんやで。あんたのために」

「そんなの……」

頼んでない。自己満足でしょ。よけいなお世話よ。弱みにつけこみたいだけよ。

なにを言っても幼稚だった。わたしはじりじりとベッドの上で座ったまま後退し、やがて壁に寄せた枕に背中がぶつかった。

「シルバニアファミリー……」

「え？」

「あれもそうや。あんなん、どれだけたくさんの女の子が憧れたと思ってんねん。大掃除で出てきたってお義母さん言うてたけど、きれいなまんまで埃も被ってなかった。あんたのために大事にとっといたに決まってるやんか。親子三代ってあたしにくれたとき、お義母さん嬉しそうやったけど、なんかあきらめた感もあったもん」

そんなの、とわたしはまた、駄々っ子のようにつぶやいた。

たくさんの女の子が憧れた？　その子たちと、代われるものなら代わってあげたい。それならわたしは最初から「女の子」なんかじゃなかった。

「きっとほんとはあたしやなくて、あんたにって夢見てはったんや」

「違う」

「違わんわ。あんなに愛されてなんでも与えてもらったくせに、ひとりで育ったような顔して勝手にギスギスしてなんの意地──」

「違うってば！」

とっさに、手元の枕を摑んで放り投げていた。

でも、ほとんど飲まず食わずで寝ていたせいか肩がぱきんと音を立て、枕は空気が抜けたようにベッドとパソコンデスクのあいだに落ちて、はずみで杏梨の足元まで転がっていった。もともと傷つけるつもりはなかったとはいえ、ふがいなくて涙が出そうだった。そんなことで泣きそうになっていることまで含めて、情けなかった。

「あの人がかわいいのは、お人形に歓声上げてくれる『女の子』でしょ。顕微鏡に喜んでおままごとには興味がない、女のくせに学歴で男兄弟を越えちゃう、結婚しない子供も産まない娘なんかじゃなくて。だったらせめてほっといてくれればいいのに。これ以上、どうしろっていうの」

「……てか暴力やめえや。言葉がおっつかなくなったら物投げるて、子供か」

杏梨は軽蔑したように、枕を軽く蹴った。

わたしは手で視界を覆う。つめたい暗闇の中で、冬の雷みたいに頼りなく、ぐねぐねの火花が散りはじめた。杏梨の声は容赦なく降ってきて、なにひとつ間違っていないそれが耳に入るたび、ぐねぐねがうごめいては形を変える。

「あんたの言う『自由』ってなに？　ひとりで、風邪っ引きで、どっからだれに入られるかも知らん部屋で年越すことなん。ひとりでなんでもできるとでも思ってる？　そうやって最期も自分の選んだもんだけに押しつぶされて、ひとりで死んだら満足なん？」

「……ひとりひとりひとりってうるさいな、しょうがないでしょ！　そりゃ怖いものくらいあるよ、でも怖いって言えばやっぱり女だからとかだから結婚しとけばとか仕事ばっかしてるせいでとか、ああしておけばこうしておけば、いままでがんばってきたことなんか平気で握りつぶされるから、怖いものがあることと自由でいたいことが全然違うって認めてもらえないから、どっちか選ばなきゃいけないからだから」

ぱっ、と顔から手が離れて、白いぐねぐねが四散した。

ふたたび視界が開けて、同時に野放しになっていた口が閉じる。暖房もろくに効いていないはずなのに、脇にじっとりと汗がにじんだ。

沈黙に耐えかねて顔を上げる。

てっきりまた罵倒してくるだろうと思っていた杏梨は、無言だった。それどころかこちらを見もせずに、ただ、ぼんやりと爪先あたりに転がる枕を眺めていた。そしてやおら屈んでそれを拾い、膝の上でぎゅうっと抱え込んだ。赤ん坊を抱く母親みたいに。もしくは、母親にすがる子供みたいに。

＊

志穂子の投げた枕は、力なくバウンドしてわたしの足元に転がった。

ふだんは自分こそが正解だと信じて疑わないような顔をしているくせに、ちょっと矛盾をつかれただけでままならなくなって力に訴える。行動は母と一緒なのに、すくみ上がるようなあの恐怖はまったくなかった。痛々しくて弱々しくて、かわいそうになるくらいだった。そして、そう思わせた彼女に無性に腹が立っていた。

なにをあたしなんかに憐れまれてんの。

仕事と学歴をかさに着て、あからさまに上から目線で、彼女を信用できたことなんか一度もなかった。恵まれた家庭を顧みず、絶対に見た目で得したこともあるはずなのに男になんか媚びませんという顔をして、そのくせ、すべてを持っていることに無自覚なまま人を追いつめる鈍感さにイライラしていた。

化けの皮を剝いでやりたかった、それは事実だ。

でも、こんなものが見たいんだったたか。

拾い上げたのはふつうの低反発枕じゃなかった。すぐにわかったのは結婚して引っ越すときに同じものをデパートまで見に行って、でも、枕ひとつにかけられる予算をはるかに超えていてあきらめたからだ。思わず腕に力がこもる。まともに自炊もしないでめちゃくちゃな生活をしているくせに、枕だけはテンピュール。

「……で」

好き放題に暴れてちょっとは落ち着いたらしい。気がつけば志穂子はかんしゃく持ちの子供みたいな態度から一転、ふてぶてしさを取り戻しかけていた。

「あんた、なにしにここに来たの？」

「……やから、あんたのこと探しに」

「家出少女みたいな荷物そのまま持って？」

これだから頭のいい女はかわいくない。

「舌打ちするのやめてくれる」

「してへん」

「した」

「してへんって！」

「した！」

どわっ、と爆音みたいな笑い声が響いた。

つけっぱなしのテレビでは、大みそかのバラエティ特番をやっていた。ずっと流れていたのにいまさら耳につきだしたのは、夜が更けるにつれて番組のテンションが上がってきたせいかもしれない。画面の隅に表示された時刻は、いつのまにか新しい年まであと一時間足らずだと告げていた。わたしたちを置いてけぼりにして、お祭り騒ぎは来るべきときに向かってどんどん盛り上がっていく。

「……こんな惨めな年越し、はじめてや」

「そうでもないんじゃない？　特番もやってるし」

「その発想が惨めやって言うてんの」

「夜明けまで生放送がやってるから、みんな働いてるんだなと思えるでしょ。湿っぽいこともないし、夢中で見る内容でもないから終わっちゃってもさびしくないし」

「ふん。おひとりさま上級者の意見やな」

「……もともと、年越しってそんなに楽しいもの？」

淡々と訊かれてやっと、負け惜しみではないことがわかった。

「どういうこと？」

「なにが楽しいの、年末年始って。休みが長いってだけじゃないの？」

いつだって「あなたってなにも知らないのね」と言わんばかりの態度をとっていたくせに、志穂子はきょうにかぎって、本当にわからないという様子を隠そうともしなかった。まるで目の前のものに対してどうしてどうしてと質問を重ねる子供みたいで、とっさにはぐらかすことさえできなかった。

そりゃ、と口ごもりながら、記憶を遡る。

「……パパがいたときは、楽しかった」

「パパぁ？」

「変な意味ちゃうわ、実の父親や。季節のイベントとか大事にする人やったから。プレゼントもらったり旅行したり、毎年冬休みが楽しみやった」

結婚式を迎えるまでは、あのころの思い出が人生の灯台だった。まるでマッチ売りの少女みたいに、いまにも消えそうにくすぶるそれを身を挺《てい》して守りつづけてきた。どんな現実でも明るく塗りつぶす、わたしだけの小さな光。

「でも、あたしが中学生のとき以来会えてない。母親が許さなかったから。追い払ったみたいなもんやわ」

父が出て行ってから、年越しはたいてい母とふたりだった。いちおうお雑煮やおせちを食べたり、祖父母が亡くなるまでは家に遊びに行ったりもしたけど、冬になると機嫌が悪くなる母のせいでちっとも楽しめなかった。上京してからはその時々の彼氏と過ごし、いないときは理恵やほかの女友達と約束をとりつけた。でも、二十五歳を超えてだんだんそれもむなしくなってきた、ちょうどそのころ、夫に出会った。

そして今回ようやく、また「家族」でやり直せるはずだった。

「……なにそれ」

沈黙に吹き込んできたのは、低く乾いた声だった。吹雪を呼ぶ隙間風みたいなそれから、はっと我に返って身を守ろうとしたときにはもう手遅れだった。

「要するに『大好きなパパと引き離されたかわいそうなあたし』ってわけ?」

光が吹き散らされて、現実が目に飛び込んできた。

志穂子はさっきまでの弱々しさが嘘みたいに、これまでいちおう隠していた軽蔑を全開にしてこちらを見ていた。ああ、わたしの大嫌いな表情をしている。あなたが知らないことをわたしは知っているわよ、という、母にそっくりなあの表情。

「あのさあ、お母さんが悪い、パパかわいそう、みたいに言うけどさあ。お母さんが決めた、って理由で連絡もしない時点で同罪じゃない？　ガキかおまえはって感じ」

「……なに言うてんの、そんなんちゃうわ」

「聞いた感じ、揉めるのが面倒だからってお母さんに責任被せて逃げただけじゃん。典型的なトカゲのしっぽ切り」

「やから、ちゃうって」

「そう？　どう考えても『いいパパごっこ』に利用されただけっぽいけど」

「ちゃうって言うてるやろ」

「もしかして、ママには内緒だよーとか言いながらこっそりプレゼント渡してくるタイプじゃなかった？　あ、やっぱね。都合の悪い役はみんな人に押しつけてるだけのくせに、『俺だって被害者だ』的な空気残して勝手に消えてる時点で程度がさあ」

「……うるさいうるさいうるさい、あんたになにがわかんねん！」

わたしは全力で枕を投げた。

怒りを乗せたそれは想像よりもうまく飛び、志穂子の顔面にクリーンヒットした。

でも、そもそも彼女はよける気配さえなかった。あえて受けて立ったようですらあった。

「……わかるわけないじゃん」

ぼとりと落ちた枕の向こう側から覗いた両目は、まばたきもしていなかった。

「『わかってくれない人はみーんな追っ払って、そうやってひとりで死んでくつもり？』」

思わず絶句するわたしを、志穂子はひたと見据えた。

「あたし、あんたみたいな女って大っ嫌い」

「……はあ？　なんや急に」

「いい年こいてお姫様願望むき出しで、誰彼かまわずヘラヘラしてさあ。自分は腹割らないくせに、こっちにだけ『女同士なのにどうして仲良くしてくれないの』感押しつけてきて厚かましいんだよ。どうせ学生時代、自分よりかわいくない女子引き立て役に選んでつるんでたクチでしょ。あんたみたいなのがいるからこっちが大変になるの、マジでウザい、大迷惑！」

だい、めい、わくっ、のリズムで志穂子は腕を振りかぶり、今度は見事なフォームで枕を投げ返した。とっさによけようとしたけど間に合わなくて、それはぼんっとわたしの右肩あたりに命中した。

痛みはなかったけど、腹は立った。また床に転がった枕を拾う。

「こっちの台詞やわ。『あたしは強い女よあんたらと違うのよ』感全開にしてやたらトゲトゲして、そばにおるだけでくさくさすんねん。ひとりで気ぃ張ってうっとうしい、だいたいなにが『こっち』よ、勝手に女代表みたいな顔してんちゃうわっ！」

ちゃうわっ、で振りかぶって、投げる。

志穂子は上体を動かさず、腕だけ伸ばしてあっさりと枕を受け止めた。ドッジボールで渾身《こんしん》の一球を止められたときみたいに、思いのほか、地団駄を踏みたくなるほど悔しかった。ドッジボールで本気を出したことなんか、実際には一度もないのに。

「そっちこそなに『あんたら』とか総括してんのよ、あんたの性格の問題でしょ。人のこと落として自分を上げたってあっというまに賞味期限切れよ、そしたらどうすんの、そのたびにいびって追い出すわけ？　あたしをそうしようとしたみたいにっ！」

「勝手に悪役扱いしたらええわ。自分以外の女はみーんなちやほやされたいか金目当てやと思って、勝手に下に見て安心しよったらええわっ！」

「だってそうでしょうが、わかりやすくうちの親に取り入ってさあっ！」

「なに言うとんねん、そうでもせなあんたに勝てへんからやろっ！」

「頼んでもないのに競争させないで、一方的に並ばれてヨーイドンされて『はい負け』とか言われる身にもなってよっ！」

「こっちの台詞やっちゅうねん、あんたがおるからいらん苦労してんねやろおっ！」

言葉のたびに枕が飛び交って、ぼん、ぼん、と体のあちこちでバウンドする。うまく受け止められたり失敗したりしながら、さして痛くもないそれを、お互い全力でぶつけあう。

「あーもう、なんでわっかんないかなあ！　あたしはべつに、あんたと戦いたくなんかないんだってばっ！」

志穂子がひときわ腕をぶん回して投げた枕は、勢いがつきすぎて軌道を外れ、脇にあったテレビ台にぶつかった。

薄型のテレビが倒れ、リモコンが跳ね返る。ガンッと硬い音がして、一瞬お祭り騒ぎの音が途切れた。志穂子がはっと息を呑み、わたしはあわててテレビを立て直す。

『さあ、新しい年の幕開けまであと一分！』

わたしたちは、思わず黙ってしまった。

ちょっと音が途切れたのは、はずみでチャンネルが変わったからだったらしい。折も折、テレビの中では何千人だか何万人だかの観客と一緒に、きらびやかな衣装を着たアーティストたちがカウントダウンを始めていた。中央にいるのはいま人気の男性アイドルグループで、歓声と熱気が会場中にこだましているのが伝わってくる。

『みなさん、今年はどんな一年でしたか？　来年はどんな一年にしたいですかー？』

ステージ上の巨大なスクリーンに浮かんでは消える数字が、どんどん小さくなっていく。それを背に、グループのリーダー格の男の子が意外に筋肉質な腕を振り上げた。

『みんなでカウントしましょう！　十！　九！　八！　七！』

ＬＩＶＥ、の四文字が画面の上で点滅する。

『六！　五！　四！　三……！』

わたしは声に出さず、唇だけを動かす。なぜか、後ろにいる志穂子もそうしているんじゃないかという気がした。

『二……！　一……！』

画面が爆発音とともに真っ白になった。

それはステージの左右から、勢いよく噴き出した花火の色だった。一緒に放たれた銀の紙テープが飛び散り、画面いっぱいに、ハッピーニューイヤー、というメッセージが表示される。同じ言葉が、その奥にある会場からも響いてくる。

結婚当初は、まさかこんなことになるなんて思ってもみなかった。

わたしは枕を拾い上げ、志穂子のほうを振り向いた。

「感謝せえよ」

「……は？」

「ひとりより、なんぼかマシやったやろ？」

「……勝手に来といてよくもまあ」

志穂子は文句を続けたかったらしいけど、わたしが枕を持っていたせいでなにも言えなかった。ベッドに座ったまま、ちょっと悔しそうに目を逸らす。いい気味だ。

『今年の抱負はなんですかー？』

アイドルたちがマイクを向け合っている。抱負ねえ、と志穂子がつぶやいた。

そう、どうせわたしたちふたり、それどころかみんな、最後には同じように死んでしまうとしても。そういう小さな単位を積み重ねて、なんとか続けていくしかない。

「あたしはな、あんたの大好きなお兄ちゃんと、理想の夫婦になるねん」

「……はあ」

「で、理想の家族になる。あんたのお母さんが、あんたのことなんか、結婚しようがしまいがどうだってよくなるくらい」

「失敗したらどうするの？」

テレビから陽気なイントロが流れてきた。

往年のヒットメドレー、というテロップがついたそれは、ちょうどわたしが子供のころ流行った曲だ。たしか、小学校の運動会のBGMにもなっていた。志穂子も同じころ、同じ歌を聞いていたのかもしれない。似たような状況で、だけど違う場所で、違うものを見ながら。

「その『家族』って、子供も必要なんでしょ。そんなの運じゃん。そうでなくても急におにいが性犯罪で逮捕されたりとか、ママが『石女なんかいらない』っていきなり嫁いびり始めたりとかするかもよ」

「……自分の身内にようそんなこと言うな」

「でもそうでしょ。他人に価値観預けて生きるの、しんどくない？」

「そっちはだれにも預けてないの？」

返事はなかったけど、無視されたのではないことはわかった。

「それはそれで、なんとかするわ。どのみちもう戻れへんもの」

そう、とだけ言った志穂子に憐れまれた気がして、わざと明るい声を出した。

「喉が渇いた。コーヒーとかないの？」

「カフェイン中毒になったから捨てた」

「……カフェイン中毒？」

「出がけにとりあえず飲んで、昼休みと残業前に一杯ずつ、ほんとにやばいときは昼夜どっちか栄養ドリンクにして、みたいな生活半年くらいしてたら、頭痛いわイライラするわ、大変で。せめて家ではコーヒーやめようと思って」

平然とした口調に絶句した。

「そこまでして、なんのために働くん？」

「……さあ」

「この部屋でだれにも見つからんまま死んでも、がんばった、幸せやったって思う？」

志穂子は黙ったまま、視線をテレビに向けていた。

無視——にしては、からっぽの表情。わたしの質問にからめとられて、答えの方向を探ってみるけど抜け出せなくて、だからただ、蜘蛛の巣にかかった蝶《ちょう》みたいに力を抜いてぼんやりしている、そんなふうに見えた。自分がどれだけひどいことを訊いたのか、そこでようやく自覚した。だけど謝るのも違う気がして、知らん顔をするしかなかった。

もしかしたら志穂子もこんなふうに、なにげなく言葉を放ってから相手の——わたしの反応を目の当たりにして、やっと後悔したことがあったのかもしれない。

「喉渇いたなら、野菜ジュースがあるけど。弊社の弊チーム開発の」

「……はあ？」

「違いのわかるあなたのために、デスクでもキッチンでも手軽でおしゃれな栄養補給、がコンセプト。でもCMに出た女優が最近干され気味だとかで、そろそろ見なくなるかもだからお求めはお早めに」

「なにそれ。いらんわ、この寒いのに」

たしかに、と志穂子はあっさりうなずいた。

わたしは枕を抱いたまま、もう一度、パソコンデスクの前に座り直した。

「家、帰りいな。タクシーでもなんでも使って」

テレビの中では相変わらず、陽気な働き者たちが走り回っている。志穂子はこれを見て、どうして「さびしくない」と思うんだろう。そもそも彼女は「さびしい」んだろうか。

「百歩譲って今夜はええ。朝が来たら帰りや。お義母さんもハルくんも、心配してるから」

「あんたは？」

とっさに顔を上げると、正面から彼女と目が合った。

「……あんたは、って、なに」

「あたしが帰るとして、あんたはどうするの、これから。一緒に帰るの？」

ふっと体から力が抜けたのは、安心と落胆、どっちが理由だったのかわからない。

あんたは、あたしを心配してくれないの？

そう訊かれたのかと思った。

黙っているわたしに、志穂子は短く息を吐いて質問を変えた。

「あんたは、これからどうしたいの」

「……どうしたい、って」

母のようにはなりたくない。パパのいたころに戻りたい。夫と幸せな家庭を築きたい。理想のお義母さんの理想のお嫁さんになりたい。そのためには彼女の愛を独占している志穂子に、なんとかどいてもらいたい。

じゃあ、それがなくなったらなにが残るんだろう。

——赤と緑は、どちらがはっきり見えますか？

視力検査の表の上から、じっと問いかけてきた二重丸。二択から選ぶだけ、しかもどう答えても重要じゃないあのときでさえ、選ばなかったほうに責められている気がした。ましてや比べるもののない場所から、なにを選べばいいんだろう。

「……あたしは」

志穂子は視線を逸らさない。大嫌い、と言ったはずの相手への感情がいくらでも湧いてくるみたいに、ずっとこちらを見つめている。その目がちょっとフクロウに似ていることに、そのときようやく気がついた。

「あたしは……」

テレビから聞こえる歓声が、大きくなった。

こうしているあいだも新しい年は一歩ずつ、時間を前へ前へと進めていく。

✽

玄関のドアが閉まったとたん、待ちかねたようにくしゃみが出た。

もはや猫アレルギーだか実家アレルギーだか、と思いながらいつものように鼻をすろうとして、まだ向こう側に母がいるかもしれないと気づいてやめる。べつにいまさら、わざわざ注意されることもないだろうけど。鞄をあさるとなんとか、底のほうからどこかで受け取ったらしいチラシ入りのポケットティッシュが見つかった。

実家に着いたのはちょうど父と兄が食事を済ませたタイミングで、わたしが現れるやいなや、ふたりはそそくさとテーブルから離れていった。ひとり座ったままだった母は、望んでそこに残ったようにも、男たちからそう仕向けられたようにも見えた。

お母さんお昼これからだから一緒に、と大量におせちやら刺身やらを並べられ、こっちは病み上がりですが、とちょっと思ったのが顔に出ていたらしい。これならいいでしょ、と最後に置かれたのは、関東風の雑煮から餅を除いて代わりに卵を落としたもの、要するに澄まし汁だった。もともと薄味な上に鼻が詰まっているせいで五感が曖昧で、おいしいもまずいもなかったけど、少なくとも、飲み終わるまではそこから逃げない理由ができた。

自分で並べたわりにはほとんど料理に手をつけなかった母と差し向かいでしばらく過ごし、杏梨きょうの夕方着くってよー、と言いながら戻ってきた兄の声を合図に立ち上がった。母も止めなかったし、それどころか、あれ志穂子、会っていかないの、とのんきに訊ねる兄を横目で黙らせさえした。

「もう帰るのか」

父の言葉で、ああ、とか、よお、以外に聞き取れたのはそれだけだった。

妻と娘が話しているあいだずっと、父は兄のように部屋に戻るでもなく、かといって口を挟むでもなく、ソファで正月番組を見ていた。ほかにどうしたらいいのかわからなかったんだろう。目を逸らしながらも完全には責任を放棄できないその姿を、なぜかもう、以前のようにうらやましくは感じなかった。うん、とわたしが答えると、父はふたたびテレビに向き直った。

近所の知り合いに見つかって詮索されたら面倒だと思っていたけど、杞憂《きゆう》だった。みんな年末までの疲れを癒しているのか、年始の活動に備えているのか、冬眠するクマみたいにひっそりと家で息をひそめているらしい。実家から駅まで歩くあいだも電車に乗ってからも人はまばらで、いるとしても目的や背景が明白な人ばかりだった。夜通し騒いでやっと帰る途中か、これから旅行なり帰省なりに出かけるか。

たった二日、それも大みそかと正月のあいだにこうもちょこまか動き回ってどこにも落ち着けずにいるのは、もしかしたら、世界でわたしひとりなのかもしれない。

そう考えてからふと、家出少女みたいにスーツケースを引きずって現れた、昨夜の杏梨の姿を思い出した。

たぶん明日あたりからまた騒がしくなる、いまは年末と同じようにほとんどシャッターの閉じた商店街を抜け、マンションに着いて合鍵でオートロックを解錠した。合鍵はもらったものだし悪事を働くわけでもないし、後ろめたく感じる必要はないのだけど、家主がいないあいだに帰るのがはじめてだから妙に緊張する。ひとりでそわそわしながらエレベーターに乗り込み、ここに来ることを自然と「帰る」という言葉で表現したことに気づいたときにはもう、兄夫婦の部屋のドアを開けていた。

「……ただいまー」

小さな声で言ってみる。

返事の代わりに、すーっとつめたい空気が鼻から入り込んできた。

フローリング用ワックス、台所用クレンザー、柔軟剤、漂白剤に消臭剤。それらすべてを覆うように、アロマオイルらしい柑橘系《かんきつけい》の匂い。出て行く前はわからなかったが、きっと杏梨が隅々まで掃除をしたのだろう。その部屋の各所に、まだ母とわたしの喧嘩の痕跡が残っている。リビングのドアは開きっぱなし、大量の野菜ジュースはテーブルに放置され、和室に戻ると畳にはもちろん、蓋の外れた携帯電話が転がっていた。

そそくさと拾ってから、それがぶつかったあたりの壁に触れてみる。へこみや傷はなさそうでひとまずほっとした。頭が冷えてからの常か、あのときどうしてこの壁があんなに憎かったのかいまや思い出せない。それなのに、一歩間違えれば消えない跡を残していたかもしれない。今回は運がよかっただけだ。

スーツケースに荷物をまとめてリビングに戻ると、大掃除にまぎれていくつかなくなっているものがあることに気がついた。たとえば雑誌のバックナンバーや、去年のカレンダー。結婚式の思い出グッズが飾られているあたりにも少し空間ができている。そういえば、母が送ってきたというシルバニアファミリーはどうしたんだろう。寝室にでも収納したのかもしれない。

固定電話の横にあったメモパッドとペンを借りて、夫婦あてに書き置きを残した。挨拶なしで部屋を出るお詫《わ》びとこれまでのお礼を書き、家賃や生活費の振り込みについて書き、合鍵はポストに入れておくことを書き、最後に「お世話になりました」と結ぶ。念のため一度見直してから、これでよし、とうなずきつつ顔を上げると、母が買ってきた色とりどりの野菜ジュースが目に入った。

書いたばかりのメモに視線を落とす。

まだ余白が空いているから、追伸を添えることは可能だ。でも、どう書けばいいんだろう。野菜ジュースはぜひ飲んでください――自分で買ったわけでもないのに？

まあ残していっても困りはしないだろうけど、見て見ぬふりをするのも美しくない。

しぶしぶまたスーツケースを広げ、紙パックを洋服や洗面用具の隙間に突っ込んだ。そして、そういえばなんかほかにもいろいろ持ってきてたな、とふと気づいて冷蔵庫も開けてみて、実際に具合が悪かったときよりよっぽどめまいがしそうになった。いまにも落ちそうなほどぎゅうぎゅうに詰め込まれたペットボトルのお茶やスポーツドリンク、冷却用ジェルシート、うどん玉、小分けにパッキングされた刻みねぎ、桃やみかんやりんごのゼリー。母がひとりでここまで運んできたことすら、にわかには信じがたい量だ。

いったいどれだけのあいだ、ここで娘を看病するつもりだったんだろう。こんなに与えてもらったところで受け取りきれるわけがないのに。

そうしてやれたらよかったのだけど。

母がキッチンカウンターに置いていったレジ袋に、それらを端から放り込んでいく。あっというまに持ち手が肌に食い込むほど重くなった。最後に六個入りの卵のパックに手を伸ばしかけ、すぐに電車に乗ることを思ってやめる。この程度なら許容範囲ということにしておこう。あとは杏梨の家事能力があればどうにでもなるはずだ。

ノイズがなくなると、冷蔵庫の中はとたんに秩序を取り戻した。ここを無駄なく充実させることに、杏梨は並々ならぬ情熱を燃やしていたらしい。

ドアポケットには調味料が整然と立ち並び、そこにはケチャップやマヨネーズといったおなじみのものだけでなく、豆板醬《トウバンジャン》やらナンプラーやらがそれなりに使い込まれた様子で混ざっている。わたしなら、これらを使うような料理を食べたくなったら迷わず外食を選ぶはずだ。年始だからか生鮮食品のたぐいは見当たらないものの、四段ある棚のまるまる二段が作り置きらしいタッパーで埋まっている。

——いつも外食やコンビニじゃ体によくないし、冷蔵庫のもの自由に食べてね。

どうやらあれは社交辞令ではなかったらしい。

大小さまざまな容器で寸分のデッドスペースもないその光景は、子供のころ兄と対戦した、落ちもの系のパズルゲームを彷彿とさせた。作り置きらしい卯《う》の花煮やら、栗《くり》きんとんとおぼしき黄色いペーストやらを眺めるうちに澄まし汁で温めた胃が存在を主張しはじめ、目を逸らして扉を閉めようとした矢先、褐色のタレに漬かった肉の塊が目に留まった。

書き置きに追伸を加えて洗い物を済ませたときには、明かりをつけそびれた部屋は暗くなりかけていた。アーケード街を逆行してまた電車に乗り、社宅に戻るころには夜だった。

久々に郵便ポストを開けると、公共料金の領収書やわずかばかりの年賀状なんかがぎっちり詰まったビラの合間に挟まっていた。立ったまましばらくその束をめくり、年末に届いたという教授の退官パーティーの招待状を探す。先輩や同期のこともあるし気まずいのは間違いないけど、だからといって無視するのも大人げない。それに、こういうことはなるべく早く片づけてしまったほうがいい。たとえば実家に顔を出すとか、受けた好意を断るとか。

玄関の明かりをつけるともちろん、リボンのついたパンプスも、浮かれたピンクのスーツケースも消えていた。

思わず漏れたため息が安堵なのか落胆なのか、そもそもどうしてそんな気分になるのか、自分でもよくわからなかった。とりあえず母が持参したものを袋ごと冷蔵庫に突っ込んで、殺風景な眺めに肩を落としながら扉を閉める。それからなぜか呼ばれた気がして、ふっと流しのほうを見る。

飲んだ覚えのない栄養ドリンクの空き瓶が、ぽつんとシンクの中央に残されていた。

❀

お金の問題とちゃうねん。あれだけ長いこと居座っといて、挨拶もなしで出て行くとかありえなくない？　しかもうちに戻ったら作り置きの料理が食べられててさあ。いやそれ自体はええねんけど、よりによって豚の紅茶煮まるまる一個！　こっちはそれで何日分かまかなおうと思って仕込んでたのに、食べ尽くして帰るとか考えられる？　これやから自分で料理しない人間は困るねん。おかげでこっちは三が日からメニュー考え直してバタバタ買い物に出て、もーめっちゃ大変やった。ほんま志穂子のやつ、最後まで振り回してくれたわ。な？　非常識もええとこやろ？

「……そりゃそうだけど」

戸惑ったような理恵の声に、型に生地を入れていた手が止まった。中心に穴の開いたそれで焼けるのはクグロフという名前の菓子パンで、ドライトマトやバジルを練り込めば食事用に、チョコレートやアイシングで飾ればバレンタインにうってつけのスイーツになるらしい。

「あたし、なんか変なこと言うた？」

さほど力のいる作業でもないのに、いつのまにか、漁師か大工みたいに服の袖を肩までまくっていた。さりげなくその袖を戻しながら訊くと、ううん、と理恵は首を横に振った。

「小姑の名前、志穂子っていうんだなと思って」

あの夜、結局わたしは志穂子の部屋で眠ってしまった。

目が覚めたら初日の出はとっくに昇りきっていて、彼女の姿はどこにもなかった。寝ているあいだに肩に布団をかける、なんてベタなことまでされていて、あわててスマートフォンを見ると、夫から「志穂子が実家に戻った」と連絡が入っていた。ついさっき仏頂面で帰ってきて、いまは母さんと話してる。喧嘩はしてないみたいだけどなんか気まずい。杏梨はいつこっちに来られそう？　母さんが待ち遠しがってるよ。あと志穂子も。……え、なんでって。

だってあいつ、杏梨さんはどうしていないの、って言ってたから。

夫の実家に向かうと案の定、こちらが着くころには志穂子はもういなかった。そのまま一泊し、同窓会があるという夫を残してうちに帰ると、そこからも彼女の気配は一掃されていた。最初からここでお世話になったことなどありません、と言わんばかりの取り澄ました空気にわたしは脱力し、なんの追いかけっこやねん、と思わずつぶやいた。テーブルの上には書き置きが残されていたけど、暗号も合言葉もないただの事務連絡であることはひと目でわかった。

はじめて見る志穂子の手書きの字は、定規でも当てていたようにまっすぐで角張っていた。読みやすくはあるけど素直に達筆と呼ぶには独特の癖があって、内容のせいもあってか、どことなくよそよそしい印象だった。ただ、追伸の一文だけは、秘密の流し目みたいに妙に走り書きめいていた。

『冷蔵庫の中身、お言葉に甘えていただきました。』

「正月はダンナの実家に帰ったんでしょ?」

クグロフをオーブンに入れ、いつもの休憩スペースでいつもの紅茶を飲みながら、理恵はいつもの調子でそう切り出した。

久々の再会になる彼女は、入口で顔を合わせるやいなや身を固くするわたしに向かって「正直に言ってよ、あたし顔丸くなったよね? いや餅のせいなんだよ実家からめっちゃ持ち帰らされてさ、食べきれないのに食べちゃうっていうか」と一気にまくし立ててきた。いやそれより、とりあえず謝ろうとしたけどその勢いたるやすさまじく、別の話題、ましてや年末の喧嘩のことなど断じて口にさせまいという、確固たる意志が透けて見えた。

「やっぱり糖質制限しようかな」

パン教室に通いながら糖質制限なんて結果は明白だけど、短い正月休みのあいだに顔の輪郭が隠れるショートボブに変えていたあたりはさすがだ。

「お餅、ずっと食べてると飽きてこない？　あたしほとんど冷凍してもうた」

「甘いのとしょっぱいの、交互に食べてたら止まらなくて」

「甘いのといえばうちの地元、白味噌のお雑煮にきなこつけて食べるよ。今年は食べそびれたけど」

「もー、そういうおいしそうな話しないでってばー！」

年越しの瞬間を、志穂子とふたりで過ごしたことは言わなかった。説明が難しいし、なにより、あまり必要もない気がして。

「お姑さんとは、相変わらず仲良しなの」

「たぶん」

「たぶん？」

「……他人やもんね」

口に出してから、その三文字がなんだか必要以上にひんやりと響いて戸惑った。自分じゃなくて他の人。ただ、それだけのことなのに。

「あ、ごめん。なんかあったわけちゃうから、大丈夫」

いつもなら突っ込んでくるはずの理恵は、めずらしく「じゃあよかった」とだけ答えて紅茶をすすった。紙コップにはティーバッグが入れっぱなしだったけど、本人が気にしていないようなのでわたしも指摘しなかった。

不用品がすっかり整理され、猫たちも厳重に避難させられた夫の実家で、義母はなにもなかったように「あけましておめでとう」と笑顔で出迎えてくれた。直前まで娘と話をしていたのだろう雰囲気は伝わってこなくて、それに気をとられていたわたしは「お母様、大丈夫だった？」と心配されるまで自分の実家でのことを完全に忘れていた。

義父も夫も部屋に引き上げたあとのリビングで、彼女はわたしをいつものソファに座らせて「お夕飯にはまだ早いから」とみかんらしきものを出してくれた。らしきもの、と思ったのは、ちょっと変わった形をしていたからだ。きんかんくらいの小ささで、グレープフルーツみたいに黄色く皮の厚そうなそれを、たとえば近所のスーパーで手にした記憶はなかった。

「志穂子が学生時代に研究していた品種の、改良版らしくて。協力してくれた農家の方が、いまでも毎年送ってくださるの」

なぜか言い訳めいた口調で、義母はわたしの前にあられの浮いたお茶を置いた。

「……まあ、志穂子が生んだわけじゃないけど」

食事には半端な時刻だったのに、彼女はそのまま台所に戻って洗い物を始めた。水音や皿のぶつかる音にまぎれて「相変わらず」とか「孫の顔も見せない」とか、とぎれとぎれに愚痴を言っているのが聞こえてきた。真剣に耳を傾けてほしいというよりは、ただ、なにか言葉にしないとやりきれないという感じだった。

「大変なんでしょうね。別のもの同士で折り合いつけて、新しいもの作るって」

だからわたしも、似たような温度で答えた。

「なんでそんなん、したいと思うんやろ。しんどいことのほうが多そうやのに」

手のひらを広げ、そこにみかんをひとつ載せた。まるでそういう生き物みたいにはかない手触りと軽さで、生まれたての赤ん坊ってこんな感触かな、と思った。人差し指をへたのあたりに食い込ませると予想よりあっさりと破れ、爪が実まで食い込んでじわりと果汁が指先に染みた。

「考えられへん。あたしには無理やなあ」

薄皮がついたまま食べたそれは、正直ちょっと物足りない味がした。みかんというには苦く、グレープフルーツにしては酸味が弱く、レモンというにはうすら甘い。

でも、どれでもない新しい果物だとしたら、そんなに悪くない気がしなくもなかった。

「……杏梨ちゃん、晴彦となにかあったの？」

気がつくと、台所にいたはずの義母が真顔で隣に座っていた。

気遣うような表情で身を乗り出されて、むしろ恐怖さえ覚えた。自分がいつのまにそんなふうに、いまにも手を握られそうなほど心配されるようなことをしたのかわからなかった。とっさに作った笑顔がひきつっていないことを祈りながら、わたしはつとめて無邪気に答えた。

「いいえ。なんでですか？」

初対面のときですらそうしなかったくらい、義母はまじまじとこちらを凝視した。穴が開くほど、とよく言うけれど、ちょうどそんな感じだった。その穴の奥になにを見透かそうとされているのか、そもそもなにを隠せばいいのかすらわからなくて、わたしはただ曖昧に笑っていた。やがて義母はぽんと膝を叩いて「さ、お夕飯の支度をしなきゃ」と立ち上がり、それから一度も志穂子の名前を出さなかった。

たぶん理恵に伝えたら、うまく言葉にしてくれるんだろう。わたしが受け止めきれなかった部分まで事実を分析して、気づかなかったことを指摘して、代わりに怒ったり不機嫌になったり、いろいろな汚れ仕事を引き受けてくれるんだろう。そしてわたしは知らん顔で相槌を打ちつつ、野生動物の赤ん坊があらかじめ親に嚙み砕いてもらった餌を食べるみたいに、最初からわかっていたような顔をしてそれを受け取れるんだろう。

「理恵さあ」

「ん？」

「……新婚旅行のおみやげ、なにがいい？」

でも、今回は気が進まなかった。

それは単に説明が面倒なのかもしれないし、喧嘩をなかったことにしてくれた理恵への義理かもしれないし、もっと別に引っかかるものがあるせいかもしれない。わからないままにしようと決めた理由さえわからない、そのことは不安じゃないといえば嘘になる。でも、なんとなく、それも含めて引き受けたほうがいい気がした。

「そっか、もうすぐだっけ。場所は？」

「オーストラリア」

「じゃあジュリークのボディオイル」

即答ぶりに笑ってしまう。遠慮もなにもない言葉の使い方に、これまでなら「引く」とはいかないまでも、ちょっとたじろいではいたかもしれない。理恵はいきなり吹き出したわたしに驚いた様子で、きょとんと小動物的な仕草で目を見開いた。

「ああごめん、なんでもないよ。理恵はかわいいなあと思って」

「……なに、急に。お金なら貸さないよ、あとマルチもやんない」

違う違う、と手を振ってみせながら、きっと同じ質問をしても「なんでもいい」と答えるはずの義母になにを買うべきか、いまから考えておこうと決めた。

✽

山下さんに告白されたのは、年明けからしばらく経ったころだった。

金曜日、新商品の完成祝いがてらチームで少し遅い新年会をして、家庭の事情やら二次会やらと言い訳をして去っていくほかの同僚たちを見送るうちに、いつのまにかふたりで取り残されていた。いま思えば「粋《いき》な計らい」というやつだったのかもしれない。何人が加担していたのかは知らないけど、そうだとしたらあの大学同期による忘年会の日、いくら親切から出たものだとしても「先輩とふたりにしてあげる」という誘いに乗らなくてやっぱり正解だった。相手のためというより、自分のために。

「途中まで一緒だけど、今度はなんていうか、変なことしないから」

「あ、逆方面ですよ。こないだ社宅に戻ったんで」

なぜか傷ついたように口元をひきつらせた山下さんを見て、とっさに「べつにそういうんじゃないんで」と付け加えた己の軽薄さが憎かった。

「もともと、長居するつもりはありませんでしたから」

「そっか。やっぱり大変だったよね、お嫁さんと同居じゃ」

「……どうしてですか?」

いつもなら適当に流すのに、なぜか無視できなかった。

だってそうでしょ、と返されただけで明確な答えはなく、もう少し突っ込もうと口を開いた矢先、背後からどんっと肩をぶつけられてわたしは数歩よろけた。大丈夫、と二の腕あたりに一瞬触れてきた山下さんの手の感じは、うっかり肌に貼りついたガムテープの痕みたいに粘り気を帯びてかすかに残った。

わたしたちを追い抜いたのは、男女というだけでただの同僚かもしれない（わたしたちのようにカップルだった。いや、スーツ姿のサラリーマンと白いコートを着た女の子のように）。やだー、と酔っぱらった様子で危なっかしく声を上げながら、女の子がブーツから覗く自然な色の膝を男のほうへさりげなく寄せていくのが見えた。そのままふたりは駅を通り過ぎ、わたしたちがさっきまで飲んでいたそこそこ健全な繁華街とは反対側、ちょっといかがわしい通りのほうへと消えていった。

悪意があったわけではなく、単に距離感がわからないほど酔っていただけらしい。もしかしてノーストッキングかな、元気だなあ、とタイツ二重穿きのせいで海苔巻きみたいになった自分の足を見下ろしていると、

「みっともないね、ああいうの」

嫌悪感もあらわな声に、思わず顔を上げた。

「なにがですか？」

「女を武器にしてるっていうか、露骨に媚びた感じ。いまどきだまされるほうもどうかしてるけど。ああいう、男に依存しなきゃ生きられないタイプの子って将来どうす

るつもりなんだろうね？　ずっとそれで通用すると思ってるのかな」

親でも殺されたのかと訝《いぶか》るような痛烈さの理由が、最後に加えられた「俺はもっとサバサバした、いい意味で女っぽくない人がいい」という台詞でやっと腑《ふ》に落ちた。いい意味で。便利な言葉だ。自分にとって都合のいい意味で、という本音を、さも一般論のごとく置き換えられる。

「将来なんか見えないのは、だれだって一緒ですけどね」

つぶやくと、山下さんは気まずそうにしばらく沈黙した。

「ごめん。そんなつもりじゃなかったんだけど」

「いや、こっちこそすみません。そういう意味じゃありませんから」

そんなつもりじゃない、そういう意味じゃない。指示代名詞の示す先が永遠にすれ違うことに、きっと彼は気づかない。そしてわたしは、わかっていて知らないふりをしつづける。

駅の改札が間近になったとき、山下さんは路肩でふいに立ち止まった。

「年末、本当にごめんね。今村さんにも余裕がなかったときに」

余裕があれば手くらい握っていいってことかと内心首をひねっていたら、あやうく性急に続いた「でも、俺は本気で君が好きなんだ」を聞き逃しそうになった。どうやら謝罪は枕詞《まくらことば》にすぎなかったらしい。

「ごめんなさい」

なにに謝っているかわからないまま、即答した。

「やっぱり俺じゃ駄目かな」

「や、山下さんが悪いんじゃなくて、いまはだれともそういう気はないというか」

口にするとなんて安っぽいのだろう、告白を断る定型文一、二って感じだ。彼のほうもそう思ったのかもしれない。

「どういう意味？」

「どういう、というと」

「ほかに好きな人でもいるの」

たった一度だけ恋をした、先輩の顔が頭をよぎった。

いや、顔なんかもう曖昧だった。表情も声も、一緒に行った場所も交わした会話も、たぶん実際の事実より、自分で上塗りした記憶のほうが濃くなっている。それなのにいざとなるとこうして思い出すのだから、本当に恋をしつづけているよりよっぽど未練がましい。

はい、忘れられない人がいます。嘘でもそう答えれば、話は簡単だろう。男の人の陰に隠れ、説明するまでもなく周囲からわかったつもりになってもらって、いつまでもそのエアポケットでぬくぬくとしていられたら、きっとずいぶん楽なのだろう。

「そういうわけじゃないですけど」

「どうすれば俺のこと好きになってくれる？」

「いやまあ、どうしようもないですよね……」

「今村さんさあ」

いままでと同じ呼び方なのに、響きがはっきりと違った。

そこでやっと気がついた。山下さんは怒っている。少なくとも、わたしにそう思わせたがっている。これまで上目遣いにこちらの機嫌をうかがっていたものが、いまや頭上から押さえつけるように降ってきている。そこにはさっき見知らぬ女の子に向けられていた暗い気配が、わずかに、だけどはっきりと存在していた。

素直に、怖い、と思った。わたしは、この人が怖い。

でも、それだけの話だ。なにも恥じるところはない。

「俺が、君のこと好きだって気づいてた？」

わたしが似たようなことを訊いたとき、先輩は気づかなかったと即答した。

当時は憤るやら落ち込むやら、なかなか心の整理がつけられなかったけれど、たしかに彼からすればそれしかなかったのかもしれない。毅然《きぜん》とした拒絶というのがどれだけ難しいか、そうしてくれた人がどれだけ親切だったか、同じ立場になってみてようやく理解できた。遅すぎる。

「わかってたなら、なんであんな態度できたの？　一緒に昼飯食ったりとかさ」

責めるような口調も粗暴な表情も、まるで子供が無理に大人の服を着ているようにちぐはぐだった。それが本性というより、定型文ばかりの会話を打ち破ってこちらの「本性」を引き出したがっているのだろう。手に取るようにわかった。わたしがそうだったから。

「いまはだれとも、とか、そういうのいいよ。正直に言いなよ、俺がぱっとしないから好きじゃないんだって。だってさ、すげー見た目がいいとかお金持ってるとか、そういう男が現れたらそんなこと言わないでしょ？」

「そ」

そんなことない、と答えかけて、やめた。

「……それは、わかりません」

わたしの声はたっぷり余白と水蒸気を含み、ほのかに色づきながら散っていった。

「経験ないですから。だけど、もしそうなったって、そんなふうに先取りして責められるいわれはありません」

白い息の向こうから、山下さんの顔が覗いた。その様子が妙に憐れっぽく見えるのは、ただ振られたばかりだからというだけではない気がした。

「山下さん、利きナントカ、って試したことあります？」

「……は？」

ちゃんと伝えないといけない。たとえ、わかりあえないことがわかるだけだとしても。

この人ではなく、自分のためだ。

「よくテレビでやってる、飲み比べて銘柄を当てるあれです。日本酒とかワインとか。あたし、学生時代に友達とやってみたんです、コーヒーで。ちょうどいろんなチェーン店が軒並み『うちのコーヒーは本格派です、よそとは違います！』みたいな企業努力をアピールしてた時期だったから、じゃあほんとに違いがあるか見てやろうって」

「そんな話、いま関係ないでしょ」

「笑っちゃうくらい当たりませんでした。おかしいのがね、コーヒーはドコソコじゃないと駄目だとか、毎日飲んでるからわからないわけがないとか、豪語してる子にかぎって盛大に外すんですよ。そのときはバカにしてたけど、いまはなんとなく、理由がわかるような気がします」

「話逸らさないでよ、今村さん」

「こだわりって愛だけど、強ければ強いほど目隠ししてくるものでもあるのかなって。うちの野菜ジュースだって、ほんとは赤と緑どっちでも、違いがわかる人なんかそんなにいないですよ。残念だけど。その中で、なんとかやってくしかないっていうか」

もう、返事すらなかった。

「それを知ってるのと知らないのとでは、だいぶ違うなと思ったんです」

「……今村さん、傷ついてるの？」

憐れみと見下しの中間くらいの、目につかせたくないものをばさりとシーツで覆ってしまうような口調だった。

「自分が関わった商品が、ていうか自分の努力が、あんまり報われてなくて、それでなんかそういう、厭世的《えんせいてき》な感じになってるの？」

――赤と緑は、どちらがお好き？

あれから、あのＣＭを見かけたことはない。たまたま目にしていないだけかもしれないけれど、時期を同じくして市場での風向きも芳《かんば》しくなくなってきたらしいことは社内にいれば嫌でも伝わってきた。ただ、そこからはわたしの仕事ではない。そんなふうに遠くから見守るしかないことにも、なんだか距離を感じてしまう。

たぶん、以前までなら即答していただろう。そんなことないです。バカにしないでください。

「もしそうでも、だったらなんですか？」

社宅に戻って最初にしたことは、パソコンで不動産会社のサイトを開くことだった。物件紹介のページを見ていたらたまたまオートロックのよさそうな部屋を見つけたので、さっそく内見の申し込みもした。いまは窓に補助錠をつけてなんとか気を休めている。またすぐに踏みにじられてしまうかもしれない、身を守るためのささやかな努力。赤とも緑とも割り切れない場所。

でも、その息苦しさを知る人間を、わたしは少なくとも、ひとりは知っている。

「今村さん、眼鏡替えたんだね」

言いすぎたぶんを取り戻すように、山下さんはぼんやりした声でつぶやいた。

＊

志穂子から宅配便が届いたのは、新婚旅行が終わっていろいろな心境も落ち着いてきた、二月の週末の昼下がりだった。

たまたま土曜に非番が重なったものの、出かける気にはなれなくて、テレビをつけっぱなしにしてジンジャーブレッドを焼いていたところだった。発酵待ちのあいだにぼんやり洗濯物をたたんでいたらインターフォンが鳴り、宅配員がわざわざ「重いから気をつけてください」と言いながら渡してきた箱には、志穂子の会社のロゴマークが記されていた。

箱は実際、持った瞬間ずっしりと肩が下がるほど重かった。どうにかキッチンカウンターまで運んで送り状を確かめる。差出人はもちろん志穂子、宛名は夫婦連名ではなくわたし個人になっていた。品目は「食品」。開けると右半分には野菜ジュースの紙パック、左半分にはみかんがびっしり詰まっていた。

野菜ジュースは志穂子の会社の新商品のようで、パッケージには柑橘をイメージしたらしい黄色がメインに使われている。それだけで、あとは手紙もなにもない。

「……なんやこれ」

呆れながら、みかんをひとつ取り出した。

みかん、という言葉から想起されるより心なしか小さく、黄色みが強く、形も楕円《だえん》ではなくて球体に近い。鼻に近づけるとレモンっぽい清涼感が鼻に抜けた。正確には「みかん」ではないのかもしれない。違いはよくわからない。

でも、夫の実家で食べたあの品種だということはわかる。

いきなりどうしたんだろう。あれから志穂子とは一度も会っていないし、彼女のほうからの接触も謝礼の支払いくらいだったはずだ。夫婦の共通口座にいつのまにか振り込まれていた金額は約束より少し多かったけれど、たぶんわざとだと思って夫には黙っておいた。

これもお礼のつもりだろうか。いや、だとすればさすがに一言くらい添えるはずだ。毎年もらうらしいから、お裾分け？　それにしたって急すぎる。自分の関わったみかんが商品化して、自慢したくなった――ありえない。そんなかわいげのあるタイプじゃないし、第一、そうしたければもっと張り合いのある相手を選ぶに違いない。

もしかして、とふと思いつく。気でも遣われているんだろうか。

マリーが老衰で死んだとき、わたしはシドニーの免税店でおみやげを物色していた。母に聞いた時間から計算すると、日程的にちょうどそれくらいだった。

電話を受けて真っ先に思ったのは、せめてエアーズロックとかグレートバリアリーフとか、そういう場所にいるときならまだマシだったかもしれない、ということだった。でも、もちろんそんなのはひとりよがりでしかない。いずれにせよ最後にマリーに会ったとき、わたしは彼女の声を邪険に拒んであの家から逃げ出した。そして命が尽きる瞬間には、新婚旅行で真夏のオーストラリアにいた。

——そんなん聞いてどうすんの？

苦しまなかったか、場所は家か病院か、最期はちゃんと看取《みと》れたのか。あれこれと訊ねるわたしを、母はうっとうしげに一蹴した。

——これやから、あんたに教えるのは嫌やったんよ。いっつもそうやわ、いまさらどうしようもないことでめそめそして。自分で自分のこと、優しいって言いたいのか知らんけど。

電話口でもわかるようにため息をつかれて、あの日、食卓で箸を投げられたときに殺しておけばよかったと本気で思った。顔をかすめて飛んだ箸を内心で握り締め、母の目をイメージしてそこに突き立てようとした矢先だった。

——後悔なんかな、なにしたって、なんにもしなくたって残るねん。年末に顔見られただけでもよかったと思っとき。

マリーのことは夫にしか話していないし、それだって、なるべくさらりと「病気や事故じゃないだけ御の字かな。だいぶ長生きしたし、母も覚悟はしてたみたい」くらいの言い方をした。もちろん、人並みに同情してお悔やみを言ってはくれたものの、夫の実家で猫を飼いはじめたのは彼が出て行ってからだ。ペットの死に対する実感は薄いだろう彼が、自分からそんな話を切り出すとは考えにくい。もしそうだとして、義母から伝わったとすればまず彼女になにも言われないわけがないし、わざわざ志穂子に直接報告する理由も思いつかない。

それなのになぜか、考えるほどにその可能性が一番高い気がしてきた。

電話が鳴った。スマホではなく、固定電話のほうだった。

もしかしたら志穂子かもしれない。そんな気がしてあわててリモコンでテレビの音量を落とし、左手にみかんを持ったまま受話器を取った。

「はい、今村でございます」

電話口の相手が息を呑んだ。もしもし、と呼びかけても、返事はない。

よく考えれば、志穂子がこの番号を知っているわけがなかった。無防備に出てしまったことを後悔する。かつて事務のアルバイトをしたとき、よくしつこい営業電話に困らされた記憶が頭をよぎった。ほとんどヤクザみたいに脅されたり罵られたりすることもあって、絶対に取り次ぐなという職員との板挟みで何度も苦しんだ。

もしその手の人だったら、黙って切ってもいいんだろうか。いやがらせを受けたりしないだろうか。夫がいれば代わってもらうこともできるけど、彼はきょう、同僚に誘われてサバイバルゲームとやらに出かけている。たぶん帰りも遅くなるはずだ。

志穂子はこういうとき、ひとりでどうしているんだろう。

『――杏梨』

古株のように年輪を重ねていても、聞き間違えることはなかった。

その証拠に頭で理解する前に、ぼたん、と手からみかんが落ちた。

『年賀状、どうもありがとう』

とっさに、電話の横に置いたフォトフレームの群れを見る。

新婚旅行の写真も追加したからだいぶごちゃごちゃしてきたけど、その一枚はやっぱり真っ先に目についた。ウェディングドレス姿のわたしが、タキシードを着た夫と腕を組んで寄り添っている。幸せそうで、だけど息切れするほど浮かれてはいなくて、もしかしたらこの笑顔は永遠に続くのかもしれないと、一瞬でも思わせてくれる写真。あれだけ考え抜いて選んだのに、たったいままで年賀状に使ったことはおろか、それを父に送ったことさえ忘れていた。

パパ、とつぶやこうとした声は、喉元でつっかえた。

もしかしたら、こんなことがあるかもしれないとは思っていた。あからさまに待ちはしなくても、仕掛けた罠の様子を見るようにちらちらと気にかけてはいた。それなのに、いざとなったらうまく答えることができない。

『結婚おめでとう。きれいになったな。立派に育ってくれて、嬉しいよ』

声を聞いたときは瞬時に直感できたのに、考えはじめるとわからなくなってくる。まるで自分の巣に引っかかる間抜けな蜘蛛だ。この人、本当にこんな声だっただろうか。こんなドラマみたいなことを口にする性格だっただろうか。語尾に少し訛《なま》りがある以外、どこの出身といっても通用しそうな言葉遣いは、昔からだっただろうか。

『なにもしてやれなくて、すまんかった。でもこれだけは信じてほしい。お父さんは、杏梨を忘れたことなんか一度もなかった』

――揉めるのが面倒だからってお母さんに責任被せて逃げただけじゃん。

志穂子の台詞だと一瞬気づかなかったのは、自分の声で再生されたからだった。まるでB級のSFかホラー映画みたいに、志穂子に投げつけられた思考のかけらが勝手に首をもたげ、いつしか頭の中で暴走しだしていた。それはだんだんわたし自身の心と融合して境界線が曖昧になり、乗っ取られまいと強く首を横に振っても、なぜかはっきりとは拒絶できない。

『これからは、ちょくちょく会わないか。次はいつこっちに戻る?』

ずっと黙っていたせいか、電話口の声もいったん途切れた。

さまよっていた視線がふいに、音の消えたテレビの前で止まる。

流れているコマーシャルはちょうど、志穂子が送ってきた新作の野菜ジュースのものだった。いろいろと噂されていた例の女優が、ばっさりと髪を切って印象を変えた姿で出演している。契約上の都合か実力でピンチを退けたのかは知らないけど、この人は周囲にどう言われようと、むしろ言われていることさえ利用して、自分の居場所を守ったらしい。

『お母さんとふたりきりで、なにかと大変やったろ?』

気を取り直したようなそれは、はじめてはっきりとした故郷の訛りを帯びていた。

糸を張り巡らせていたのはこちらなのに、囚われたように息ができなくなる。

そのとおりだ。母との日々は本当に、出口のない迷路みたいだった。

彼女は十年以上もずっと同じ病と闘い、同じ仕事を続けながら、無限に続く螺旋階段を少しずつ下っていくような、救いのない日々を過ごしてきた。その隣でわたしは身動きもままならずに息をひそめ、暗い流れに巻き込まれないようになんとか水面に顔を出して、逃げるための機をうかがうのが精いっぱいだった。そしてマリーは、わたしがとうとうあの家に捨てていった時間を代わりに引き受けるように、ひっそりと老いてひっそりと死んだ。

この人がスムーズに出世して、新聞に載るような立場になるあいだに。

マリーを拾ってきたのは父で、飼うと言い張ったのはわたしだった。でもそのことについて、母はあの電話で少しも触れなかった。

——お母さん。あたし、一度帰ったほうがいい？

——なんでいちいち訊くん。そんなん、あんたの好きにせえ。

『……杏梨？』

受話器を耳と肩のあいだに挟み、足元に落ちたみかんを拾う。

それを握って唾を飲んでから、わたしはようやく口を開いた。

＊

一般的にこの手の行事は春休みに開催される中、二月のうちに最後の講義をして夕方からそのまま慰労会、という流れは、会場が大学から徒歩圏内のホテルという点まで含めていかにも合理性重視の先生らしかった。

「では、この分野で長年第一線を走り抜き、男性顔負けの活躍を続けてこられた本日の主役にご挨拶いただきましょう！」

少し遅れて宴会場に到着すると、ちょうど教授が壇上に呼び込まれるところだった。

久々に姿を見るにもかかわらず、拍手に包まれて登場した「冬の女王」になつかしめるような隙はなかった。そんな甘いものを感じる前に思わず背筋が伸びてしまうくらい、彼女は相変わらずだった。ツーピースのスーツも五年前からずっと着ていたものだし、これから男装する少女みたいに切りっぱなしの髪も昔のまま。その色だけはうっすらと白さを増していたけれど、それもたぶん根幹は同じだ。つまり、外見に時間をかけるよりやりたいことがある、という本音を隠そうともしていない。

安易に共感するのもためらうような相手だけど、その気持ちだけはわかる。わたしだってきょう、「昼は働けて夜はパーティーに行ける」という条件を満たす服がクローゼットにほとんどなくて途方に暮れたばかりだ。結局黒いサテンのオールインワンにカーディガンを重ねて仕事に行き、着いたらすぐ作業服に着替えて、会社を出るときアクセサリーを追加することでなんとかそれらしく仕立てた。

「女だてら、男顔負け、と言われることに、いちいち反論もしませんが」

拍手が収まるのを待たずに切り出したときも、教授は無表情だった。

「男性の劣化コピーとなるために、本日まで務めに励んできたわけではございません」

一瞬場が凍ってから、笑いが起こった。OBらしき司会者も苦笑している。

ここに来るような人たちは、みんな彼女を畏れこそすれ、その言動に悪意はないことも知っている。まっすぐすぎる態度を「出た出た」とオブラートのような薄笑いで包んで空気を軟化させるのはもはや学内の伝統芸だったし、かつてはわたしもそこに加担していた。でも、いまは思う。しっぽを巻いて逃げるにはプライドが高すぎ、かといって正面きって向き合うには弱すぎたわたしは、そういうふうに彼女を扱わないと怖かったのかもしれない。

笑いをとろうとしたわけでもないだろうに、当の本人は涼しい顔をしている。波風すら感じないらしい。心が岩のように頑丈なのか、なにかを感じるには周囲と距離がありすぎるのか、いったいどっちなんだろう。ああいう人だからしょうがないね、と物見遊山《ものみゆさん》さながら遠巻きに眺められることも、あれくらいの領域まで行けばなんとも思わないんだろうか。

スピーチはシンプルで短く、あっというまに「ご歓談」の時間になった。

遠くの壁際に同期の集団がいるのはわかっていたけど、年末の一件の手前、どんな顔で合流すればいいのかわからなかった。かといってひとりでバイキングを堪能する気分でもなく、とりあえず配られたシャンパンを片手に教授への挨拶の列に並ぶことにした。重鎮らしき年配者も、現役の学生だろう若者も、彼女の前には等しくさばかれていったので、順番は予想より早く回ってきた。

「ご無沙汰しています」

頭を下げると不審げに目をすがめられ、そりゃ覚えてないか、と名前と卒業年度を伝えてみたら「……ああ、あなた」と眉間のしわがやや浅くなった。

「あのばかげた眼鏡、おやめになったのね」

「ばかげた……？」

「よろしいと思います、いまのほうが」

お礼を言っても反応はなかった。彼女からすれば、事実を口にしただけなのだろう。

最初はいやがらせとしか思えなかった黄色い眼鏡も、そんなに悪いものではなかったようだ。こなれ感という杏梨のよくわからない言葉の意味も、ここに来る前に寄った化粧室で鏡を見てやっと腑に落ちた。ゴールドがかったフレームが仕事で疲れた肌に光を反射して、慢性化した目のクマやくすみを隠してくれる。個性的なデザインのおかげか、決して凝っていない服やメイクさえいつもより少し上等に見えた。

「お仕事はいかが。飲料メーカーの研究開発職でしたね」

教授は、自分のシャンパンを手に真面目な表情で続けた。眉間のしわは消えていなかったけど、それは長年その場所に刻まれた結果、もう顔のパーツの一部になっているせいらしい。

「野菜ジュースの担当を三年ほど続けたんですが、そろそろ異動になるみたいです」

就職先まで覚えられていたことに驚いて、必要以上に具体的に答えてしまった。

「面談でほのめかされただけで、確定はしていないんですけど」

「別の商品を担当なさるの」

「わかりません。もしかしたら、全然違う部署になるかも」

「あなた自身の希望で？」

グラスに口をつけると、抜けはじめたはずの炭酸が妙に唇を刺した。

「いいえ」

「自分の携わった品種を商品化するのが目標と言っていましたが、実現しましたか」

「……いいえ。よく覚えておいでですね」

そんなに甘くないです、という一言は、どうにかささくれた喉にしまい込んだ。

「では、志半ばで場所を移すことになりますね」

「しかたがないです、会社の意向ですから」

わたしの前に並んでいた人たちは、こんなに長く話していただろうか。彼女自身が流れ作業で対応していたように傍目からは見えたけど、もしかしたら、相手のほうがそそくさと切り上げていただけだったのかもしれない。

チームどころか部門自体から外れる可能性を示唆されたとき、あくまで例だけど、と念を押しつつ上司が挙げたいくつかの部署は、正直、栄転先というイメージのある場所ではなかった。真っ先に山下さんの顔が頭をよぎり、それからその頭を「業績不振」というシンプルな四文字が蹴飛ばした。どちらにせよ、そういう評価を受けたということに変わりはない。

「たとえ成果が出せなかったからだとしても、実力不足だったと反省して挽回《ばんかい》に尽くすつもりです。別の仕事を経験することで得るものもあるでしょうし。そもそも、このご時世に働き口があるだけで御の字なのに、いきなり三年も希望どおりの仕事をさせてもらったことのほうが贅沢だったと思います」

「そのとおりですね」

もう場を辞するつもりで言った台詞に返ってきたのは、そっけない即答だった。

「ところでそのお話と、直接は関係ありませんが」

「……はい？」

「いまの方はみんな、他人に言わせておけばいいことを先回りして自分でおっしゃるのね」

みんな、というのはもちろん主観ですが。やっと視力を得た赤ん坊みたいな曇りのない目でそう言って、彼女は堂々と、ほとんど傲然と見える態度でシャンパンを飲み干した。

「……他人からすれば自分の悩みとか葛藤とか、そんなの、つっこみどころ満載のつまんないことだってわかってるからじゃないでしょうか」

口に出してからくだけた言葉遣いに気がついて青ざめたけど、教授は眉ひとつ動かさなかった。空になったグラスを回収するホールスタッフのほうを一瞥もせず、まっすぐにこちらを見ながら続きを待っている。

「わかってはいるけど考えることはやめられなくて、そんな自分をかっこ悪いと思っていて、でも、その自覚がないのはよりかっこ悪いってこともわかってるから、人に言われるより先に言っておこうって。そういう心理だと思います」

「なんにせよ、葛藤とはそういうものでしょう」

「あと一番大きいのが、やっぱりこう、自分でも自分のことが嫌で、客観的にも言ってやりたい気持ちがあるんです。自分で選んだ結果なのになにをいまさら悩んでるんだ、それだけ恵まれてるくせに、なにも失ったことなんかないくせに甘えるなって」

「それを客観的と呼べるのかは疑問です」

「……はい」

「そもそも『自分で選ぶ』などというのが傲慢ですよ。自己責任論に帰着しかねない危険な発想でもあります。眼前の事物におのずと動かされた結果だけが、現在です」

形としては論破されているはずなのに、思わず恋する少年みたいなため息が漏れた。

風に帆をふくらませて大海原を行く船さながら、こんなふうに、自分の針路に胸を張っていられたことがわたしにあっただろうか。孤独も孤立も受け入れて、周囲の声もさざ波やそよ風くらいにしか感じなくて、そうやって、ほかのすべてがどうでもよくなるほどまっすぐに目指せる星なんか、摑むどころか見つかる日さえ永遠に来る気がしない。

後ろに並んでいるだれかが、いい加減に焦《じ》れて無言で圧を放ってくるのを背中に感じた。今度こそおいとまの挨拶をしようと口を開きかけたのに、未練がましくこぼれ出たのは全然違う言葉だった。

「いつか、わたしも先生みたいになれますかね」

「なれません」

一刀両断、という掛け軸を背負っていそうな即答ぶりだった。

「自分の劣化コピーを作るために生きてきたつもりはありません」

後ろのだれかが小さく息を呑んだ。

たまたま耳に入った断片だけでも、彼女の言葉には十二分に人をぎょっとさせる力があったらしい。その証拠に、まわりにいた参加者たちが揃って口をつぐみ、シャンパンのおかわりを運んできたスタッフの動きが一瞬止まった。教授が新しいグラスを受け取ったのを合図にみんな目を逸らしたけれど、それでもなにげないふりで雑談を再開しつつ、声を落として様子をうかがっているのはあきらかだった。

ただ、みるみるうちに耳が熱くなったのは、注目されたのが恥ずかしいからじゃなかった。ましてやお酒のせいでもなかった。

「あなたは、だれにもなれません。永遠に」

いまの眼鏡のほうが似合う、と同じ、事実を述べているだけの口調だった。

それから唐突に、やれやれと言わんばかりに、女王はグラスを持っていないほうの手をさっとひと振りした。もういい、飽きた、とでも言うように。あるいは、つながれていた犬を解放するように。

わたしは黙って頭を下げた。

その瞬間、いきなり涙が出てきた。

じわりと、なんてかわいいものじゃない。みかんの汁が飛んで目に染みたときみたいに、なにかを洗い流すような勢いでそれはぼろりとこぼれ出て、あっというまに頬をつたって落ちてきた。我ながらびっくりして、腰を曲げた不自然な姿勢のまま速足でその場を辞した。教授はとっくに次に待っていただれかに意識を向けていて、こちらの異変に気づきもしない様子だった。

うつむいたまま、会場を飛び出す。人に涙を見られたくなかったし、また教え子を泣かせたのだと彼女が誤解されるのもごめんだった。とはいえ、廊下にもスタッフやほかの来客が行き交っている。結局、人目につかない場所なんて女子トイレくらいしかなかった。

個室に鍵をかけ、扉にもたれてふーっと息を吐く。

そういえば、前にもこんなことがあった。年末の同期との飲み会、それから杏梨の結婚式。なにかっていうとトイレなんだなわたしは。そう思うと笑える反面また泣けてきて、涙腺と連動して喉が震えた。

よくもまあ、次から次へと涙の生成が追いつくものだ。どうしたんだろう、教授に甘えを見抜かれたのがそこまで恥ずかしかったんだろうか。でも、だれかが死んだりなにかを失ったりしたわけじゃあるまいし、いちいち泣くほどのことでもないのに。

泣くほどのことでもない。

とたんに大きな嗚咽《おえつ》が漏れ、吐いてしまうんじゃないかと思ってわたしはとっさに口元を押さえた。

そのくらい、それは意志とは無関係な唐突さでこみ上げてきた。まるで抗議の声みたいに。泣くほどじゃない、言うまでもない、甘えたくない、そんな資格ない、そうやって物心ついたころからずっと、ぎゅうぎゅうになるまで押し込めてきた感情たちが、ついにストライキを起こして壁を決壊させたみたいに。そんなこと言われたって怖いものは怖かったし悔しいものは悔しかったしムカつくものはムカついたし嫌なものは嫌だったし悲しいものは悲しかった。そう叫んで地団駄を踏んでいるみたいに。

わかった、わかったよ。

自分をなだめるように手を交差させて二の腕を包むと、少しずつ力が抜けてきて背中がくの字に曲がった。

手の甲で顔を拭い、オールインワンのポケットに指を入れる。

裾がゆったりしているから、多少ものを入れておいても外からはわからない。大きな鞄を持ち込めないパーティー会場ではありがたいデザインだ。左のポケットに入れたのはスマートフォンと自宅の鍵、小さな折りたたみの財布。そして右のポケットには、ハンカチにくるんだ丸いもの。

朝からこっそり入れていたそれに指先で触れ、存在することを確かめた。

『杏梨ちゃん、あなたのみかんが気に入ったみたいです』

気まずく実家を出て少し経ったころ、母からそうメールが送られてきた。わたしの、みかん。

あなたの名前はわたしがつけたの。

あの日流れた一番長い沈黙のあと、母はぽつりと言った。

――自分の意志を実らせるように。名は体を表すって本当ね。

気に入ってるよ、と戸惑いながらも答えると、いちおう笑ってくれた。でも、嬉しそうには見えなかった。もっと考えてつければよかったと、後悔しているようでさえあった。

――きっとわたしのほうが古いのね。もう、時代が変わったんだわ。

わかりあおうとなんて、しなければよかったのかもしれない。

物別れに終わることは最初からわかっていた。試行錯誤の末、ようやく感情を抜きにして交わすことができた言葉は、わかりあえないことをわかりあうためだけに使われた。もしかしたらそれは、別のルールに従って動いている母をむりやりこっちのフィールドに引きずり込むような反則行為だったのかもしれない。いつものようになんとなく接触を避けて、母の興味が移るまで、ただあきらめて待つのが賢いやり方だったのかもしれない。

いつだって、自分の選択で人を傷つけてきた。ほかの友達のメンツを潰した小学生のときのバレンタイン、告白に対して先輩が返したいたたまれない沈黙、いまだに山下さんと目が合わないこと。早々に料理に興味をなくし、反対を押し切って進路を決め、好きなだけ好きな勉強をして好きな仕事をして、本当にこれでいいのかわからなくなることもあった。でも、そんな弱音を吐くこともしょせん甘えだと知っていたから、自分で選んだんだしだれも傷つかない選択なんかないんだし、と振り切って前へ前へ進んで、気がつくと、真っ暗な海にぽつんと浮かんでいた。悠長に止まったらどちらが「前」かさえわからなくなりそうで、振り返ることもできなくなっていた。

いつになったらあきらめがつくんだろう、と思った。どうせわかってもらえないなら、せめていちいち傷つかない人間になりたかった。小さなことで心を乱されず、北極星を指差して歩く旅人のように、どんなに無謀で孤独な道でも一点だけを見て脇目もふらず進みたかった。いまだって、その希望を完全に捨てたとは言えない。

でも、とりあえずメールは返そう。杏梨にわたしのみかんを送ったと母に伝えよう。それだけ決めて、ポケットの中身を取り出した。

わたしがこんなものを忍ばせていたとは、きょう会っただれひとり、千里眼みたいな顔をしていた「冬の女王」でさえ、見抜けなかったことだろう。そう思うと今度はひとりでに震えるほど笑いがこみ上げてきて、同じ勢いでまた涙が溢れた。最初こそ玉ねぎを切るときに似た単なる生理現象だったはずのそれは、しだいに嗚咽やしゃっくりとともに本当に感情を伴って、いまや完全なる号泣になっていた。我ながら情緒不安定すぎて呆れる。絶望したのか、清々《すがすが》しいのか、不安なんだか安心なんだか、なにがなんだかわからない。もしかしたらこの世に生まれたときも、こんな気持ちで泣いていたのかもしれない。

ハンカチを外して両手で包み、熱を冷やすように顔に当ててみた。

つるりとした皮、無骨な形、小さくて控えめな、ざらざらとした質感のへた。味は正直そんなによくないけど、鼻に近づけるとすっぱくて健気な香りがすーっと爪先まで抜けていく。淀んだ雲を切る風を起こしながらまっすぐに飛ぶ鳥みたいなそれを、大きく吸っては吐いてを繰り返すうちにだんだんと呼吸が整ってくる。

たとえこの瞬間だけでも、わたしはわたしだけのものだ、と確信できた。

「……あ、しーちゃんが戻ってきた！」

やっと個室を出て、化粧した顔の代わりにばしゃばしゃ手を洗ってから宴会場に戻ると、待ちかねていたように何人かの同期が近寄ってきた。

「心配したよー、来てるって聞いたのにいないから！」

そう言って真っ先にこちらの肩を叩いたのは、あの忘年会で幹事をしていた子だった。

「教授に泣かされたって噂してる人いたけど、本当？　大丈夫？」

「違う違う！　なんか久々だから緊張してさー、いきなり酔い回っちゃって」

「え、まさか女王の前で⁉」

「そう。いやー世界で一番粗相しちゃいけない場所じゃん？　焦ったわ」

ギリギリセーフだったけどねーと笑ってみせると、安堵したように空気がほどけた。

男子たちが「なんだよ、イモコも意外とかわいいとこあるなって話してたのにさ」と労わるように笑い、女子たちは「だから言ったじゃん、しーちゃんは簡単に泣くほど弱くないって」と庇うように口を揃える。どちらも本当じゃないけど、どちらもすべてが誤解じゃない。きっとこれからも、こうして中途半端な場所を揺れつづけるのだろう。その果てに今度こそ母と、家族と、友達と、もしかしたら社会と、決定的に断絶する日も来ないともかぎらない。

宅配便はもう、杏梨のもとに届いただろうか。

わたしのみかんと新商品の野菜ジュースを、さもそれが使用されているみたいに同梱したことを知ったら彼女はなにを思うだろう。なにやってんの、なんの意地なん、どうでもええわ、巻き込まんといてよアホちゃうの。握りつぶされたように顔をしかめて、あのガラの悪い関西弁で呆れてくれればいいのに。

杏梨はいま、なにをしているんだろう。

陸地を恋しがる船乗りみたいに、わたしは自然と義姉《あね》に思いを馳せていた。

❃

テーブルの上でスマートフォンが震えたとき、一瞬、父からかと思った。

『もしもし、杏梨ちゃん？　久しぶり』

義母の用件は、新婚旅行のおみやげに対するお礼だった。あらかじめ現地で宅配を頼んでおいたものが届いたらしい。料理好きで健康志向の義母にはマヌカハニー、お酒をたしなむ義父にはジャーキー、それとふたりで飲める紅茶のティーバッグ。理恵にはリクエストどおりジュリークのオイルと、ダイエットを妨害されて怒る顔が見たいからという理由でティムタムもつけたはずだ。職場には大容量のコアラクッキーを直接持参した。義理の妹には、とくになにも買わなかった。

どうもありがとう。楽しかった？　そう、よかったわ。どこに行ったの？　ホテルはどうだった？　食事は？　あれこれと訊いてくれるわりに、義母からの返事はうわのそらだった。それでも切ろうとはしないから、話をぐるぐるさせながらなにか言いたげにしているのが嫌でもわかる。ジャーキーがいけなかったんだろうか、夫がカンガルー味を選んだときに止めればよかったと思ったけど、そういうわけでもないらしい。老いて力とスピードを失った猫が、ネズミに飛びかかるタイミングを慎重に狙っているみたいな態度だった。

いったいなんだろう。必要以上に深読みしない、賢ぶって裏を読まない、たったそれだけのことがうまくできない。義母の声には言い淀んでいるなにかがたっぷりと含まれていて、口にする前から染み出してきてはぽとぽとと音を立てて溜まっていく。なにが言いたいかはっきりしてくんない？　あたしも暇じゃないんだけど。きっと志穂子なら、迷わずに言うだろう。不機嫌に、だけど、率直に。

——どちらさまですか？

そう、彼女なら父からの電話にも、さっきのわたしと同じように答えたはずだ。

——おい、冗談にしてもひどいんじゃないか。

——すみません、失礼なことを言って。でも知り合いやとしても、名乗りもせずに自分の用件ばっかり話されたって困ります。せめてお名前くらい、先に教えてもらえますか?

煙草《たばこ》を吸ったあとみたいな、深いため息が聞こえた。

実際に吸っているのかもしれない、と自分に言い聞かせて、わたしは弁明したり撤回したくなったりする気持ちを震えと一緒にこらえて口をつぐんだ。父が喫煙する姿なんて、一度も見た記憶はなかったけれど。

マリーのこと覚えてますか。

訊きたかったけど、やめた。母ならともかくわたしがその名前を出すのは卑怯だし、死んだ彼女に対する冒瀆だと思った。

――おまえはお母さんに似たね。

疲れたようにつぶやいて、答える前に通話は切れた。

強く嚙みしめすぎた唇がジップロックのファスナーみたいに離れなくて、しばらくのあいだ、うまく息ができなかった。

受話器を置き、持ったままだったみかんをふと見下ろした。指の痕がつくくらい形が変わっていて、わたしにもこんな力が出せたのかと新鮮な気持ちになった。爪が食い込んだ場所の皮は果肉が潰れるくらい裂けていて、鼻を寄せると甘ずっぱい風が体に吹き込んできた。夫の実家で食べたときにはあんなにぼんやりした味だったのに、息を呑んで目が覚めるような香りだった。

それを吸ったり吐いたりを繰り返しているうちに、少しずつ全身がゆるんで呼吸も鼓動も整ってきた。まるで内側からリセットされていくみたいに。手を顔に近づけるとほんのりと移り香があって、気分がよかった。不幸中の幸いというにはあまりにもちっぽけだけど、それでも悪いことばかりじゃなかった、そう考えるとなんとなく、ちっぽけだからこそ、救われた心地がした。

『ねえ、杏梨ちゃん。来月あたり晴彦とうちの夫と、四人で外食しない?』

「……え?」

『赤いちゃんちゃんこは着たくないっていうし、どうするか迷ってるんだけど』

そうですね、となにげないふりをして相槌を打ちながら、義父の還暦どころか誕生日さえ忘れていたことにひっそりと焦った。満を持して、という調子で切り出されたそれが、全然遠回りする必要がない話題であることにもますます焦る。

『どんなものが食べたい?』

「いいえ、そんな、お義父《とう》さんのお好きなもので」

『いいのよ、どうせなんでもいいって言うんだから。男って、どうして量は食べるくせに中身にこだわらないのかしら。晴彦もそうでしょ？　こっちは栄養バランスだの彩りだの旬だの、いろいろ考えてるのに気づいてくれやしない。ばかばかしくなるわよね。だから勝手に決めちゃいましょうよ。ね、なにがいい？』

深い森に迷い込むように、足が勝手にキッチンに向かった。

なにがいい？　なにが食べたい？　なにが好き？

小さいころの好物は、母の作るハヤシライスと、父が連れて行ってくれる洋食店のエビフライ。それぞれ、母親と父親に訊かれたときの答えだった。小学校の給食ではプリンが楽しみだったけど、ほかのクラスメートみたいにジャンケンしてまで奪い合うほどじゃなかった。はじめて付き合ったバスケ部の先輩は唐揚げが好きで、差し入れしたくて練習していたら自分のお弁当にも登場する頻度が増えた。上京当時はなにかあるごとに彼氏と安い焼肉でお祝いしていたので、ごちそうといえば焼肉になった。

どれも最近食べていないし、食べたいとも思わない。魚焼きグリルを手持ち無沙汰に開け閉めしながら、そういえば、結婚してからは魚を買うことが増えたと気づく。

「……わかりません」

『え？』

この世にだれもいないとしても、好きだと言えるものなんてあるだろうか。

志穂子はそれを持っていて、持っていれば、幸せなんだろうか。

『……杏梨ちゃん？』

「あ、すみません。ちょっと迷っちゃって」

ようやく自分がなにをしに来たか思い出した。意味のない動作をやめて、冷蔵庫の脇に貼ったカレンダーのページを一枚めくる。うろ覚えながらもどうにか自力で義父の誕生日に印をつけ、ついでに食事会、お祝い品と余白に書き込んだ。

『杏梨ちゃん。大丈夫、無理してない？』

来た、とわかった。これが本題だ。

足の裏に力を入れ、一瞬でチューニングを済ませる。待ちかまえた感じがしないように少しだけ調子を外して、注意深く明るい声を出した。

「えー？　どうしてですか？」

『あなたには感謝してるの。志穂子のことも、長いあいだ居候させてもらって……よくがんばってくれてるわ。晴彦なんかにはもったいないできたお嫁さんだって、ご近所さんにも自慢してるくらい。でも、もしそれで負担をかけていたら申し訳なくて』

そんな、という返事は、我ながらうわずっていた。

『わたしの時代のやり方を、いまどきの若い方に押しつけてもしょうがないのに』

自分に言い聞かせるようなその台詞に、むしろこちらが見放された気分だった。

『子供のこともそう。授かりものだからいろいろ言ってもしかたないのに、つい』

義母の声がふいに遠くなった。

そのまま、だれかとなにかを話している。途中から受話器を手でふさいだらしく、漏れてくる音がくぐもった。つけっぱなしらしいテレビで流れているのは、響きからしてたぶん韓国のドラマだ。そこへ猫の鳴き声が重なる。マリーとは違い、現在進行形でかわいさを振りまく若々しい響き。このあいだ遊びに行ったときの子だろうか。

右耳に押しつけた電話の向こうは、義母の生きた時間、関わってきたものをそのまま詰め込んだように賑《にぎ》やかだった。空いたわたしの左耳は、弱く稼動するエアコンの音ばかりを拾う。

ごめんなさいね、と、通話がまた元に戻った。

「お義父さんですか?」

『そう。休みだからってソファでごろごろしてたけど、やっと出かけるみたい』

では、さっきの妻の愚痴も聞いていたということだ。手間暇をかけても気づいてくれないから料理をするのがばからしくなる、だから意向なんか聞かなくてもいい、という自分への不満を。そしてもちろん、義母もそのことをわかった上で話していた。

おそらくこれが彼らの日常なのだろう。義母にとって、家族の悪口を言うことは決して重大な秘密を打ち明けることではないのだ。

だとしたら、と気がついた。志穂子にまつわる不満を聞いたときのわたしの反応は、義母からすれば、完全に的外れだったのかもしれない。

太陽を直接見てしまったみたいに、その場に座り込みそうになった。そんな愛情表現ってあるんだろうか。わたしには、とても理解できない。

――そら、他人やからね。

夫の家族をそう評したとき、母は笑っていなかった。

義父の誕生日と還暦を四人で祝おう、と義母は言った。当然のように志穂子を頭数から除いた。その理由を彼女は言わないし、わたしも訊いていいのかわからないから訊かない。他人だから。

『ええと、だからね。あまり思いつめないでね、まだ若いんだから』

まだ若いんだから。がんばってくれているから。ご近所に言って回れるから。

よけいな部分だけが、洗濯機の中のシャツのようにぐるぐるねじれながら巡る。

結局、マリーが死んでも実家には帰らなかった。

いつかこうやって、母のことも見捨てるのだろうかと思った。とっくに見切りをつけたつもりでいたのに、そう考えついたとたんにひざまずいて叫び出したい気持ちになった。自分の身内ひとり大事にできない人間になにができるっていうんだ、どれだけ偉そうに振る舞ったところで知れている、きっと最後にはひとりぼっちになる。それはずっと、わたし自身が母に対して抱いていた感情だった。

逃げたりなんか、しなければよかったのかもしれない。意地悪で言われているだけじゃないことは、頭ではとっくにわかっていた。うちが特別不幸だったわけじゃないと、ドレスもシルバニアファミリーも人のために家事をするのが好きな女も、母の言うとおりとっくに「いまどき」じゃないものだと、早いうちに受け入れておけばいっそ楽になれるのかもしれない。

それでも無理だった。会ってしまえば絶対に、同じことの繰り返しになる。きっと母のほうもそう感じているはずだ——いや、違う。そんなの言い訳だ。

わたしは、まだあきらめたくない。だれになにを言われても、どう思われても、いつか後悔することになっても、それはいまじゃない。いまは駄目なものは駄目なのだ。

「……あたし、結婚してよかったです」

また、電話口で息をひそめる気配がする。

「お義母さんがお姑さんで、本当によかった」

幼稚園児みたいな口調で付け加えると、ようやく安心してくれたみたいだった。

『困ったことがあったら、いつでも頼ってちょうだいね』

はい、と元気に答えながら、こちらも内心ほっと息をついた。

『まずは来月のお食事、楽しみましょう。なにが食べたいか決まった？』

「すみません、あたし優柔不断なんです。自分のお昼も決められんくらいで」

事実だった。現にいま、こうしている瞬間だって、ひとりでなにを食べたらいいのかわからない。オーブンレンジで発酵させているジンジャーブレッドは明日の朝食用だし、冷蔵庫の中身を思い浮かべても、あれはお弁当、あれは夕食、と考えてみると自由にできるものは少ない。そもそもマリーのことがあってから、だれかと一緒じゃないときにちゃんと食事をした記憶も薄い。こういうときに人は野菜ジュースを頼るのかと、はじめて納得した。

キッチンカウンターのほうから、志穂子が送ってきたみかんの香りがする。それが生地の匂いと混ざって鼻に届いたとき、生食よりも加工向きなんだと気がついた。

だとすれば、どう料理しよう。

夫が持って帰る野菜や義母が送ってくれる果物を、日々のメニューにどう組み込むか考えるのは慣れている。でも、その感覚とは少し違った。早めに結論を出すために頭を使うんじゃなくて、とりとめのない想像を、しばらく収拾がつかないまま遊ばせておきたくなった。

ジュース、ドレッシング、コンポートにパウンドケーキ。無農薬ならオレンジピール、そしてマーマレード――ああ、悪くない。火を入れれば香りは強く際立つから、皮を細かく刻んで果汁をしぼり、砂糖を控えめに入れて煮れば生まれたてのように鮮烈な空気が漂うはずだ。さっき手に移った残り香みたいに、しばらくはそれに包まれて過ごせる。紅茶に落としたりヨーグルトに入れたり豚肉と一緒に煮たり、いろいろ活用はできるけど、最初はやっぱりパンに載せて食べるべきだ。当然、そのためのパンは自分で焼きたい。どんなものが合うだろう。

欲望は無限に広がる。

だけどもちろん、それはいま求められている答えじゃなかった。

『焦らなくていいから、なにが食べたいか決まったら連絡してね』

「ありがとうございます。んーどうしよ、迷ってまうなあ」

その点、志穂子くらいになるとむしろ気楽かもしれない。あの部屋の冷蔵庫には信じられないほど物がなかった。出て行く直前、お茶でももらおうとなにげなく開けて思わず絶句したくらいだ。自分の会社の野菜ジュース、ヨーグルト、栄養ドリンクが一ケース。調味料はマヨネーズと七味。マヨネーズと七味？　そのちぐはぐさ、野菜ジュースとヨーグルトの「とりあえず」感、カフェイン中毒にまでなったのに買いためてある栄養ドリンク、すべてから異様な迫力を感じた。

そのまま閉めるのがなぜか後ろめたくて、手を伸ばした。

志穂子に言われたことが頭をよぎったけど、野菜ジュースは赤と緑の二種類があって、選べなかったから選ばなかった。代わりに栄養ドリンクをもらった。立ったまま一気に空けたそれは予想より飲みやすくて、甘いハーブティーみたいな味がした。志穂子のように「ほんとにやばいとき」にあれに頼る人は、わたしが思うよりずっと多いんだろう。

耳元で、義母はいま見ている韓国ドラマについて楽しげにしゃべっている。たしか理恵もはまっている番組で、このあいだのパン教室のときあらすじを教えてくれた。明るい相槌にまぎれさせながら、わたしはシンクの前に立った。

毎晩掃除をして水気も拭き取っているはずなのに、いつのまにか、使い込んだ気配が膜のようにうっすらと貼りついている。志穂子の部屋のそれには傷やへこみどころか水垢ひとつなく、なんだかペーパードライバーのゴールド免許みたいだと思った。まめに手入れをするよりも、放っておくほうが長持ちする。それはいいのか悪いのか。

電話口に聞こえないよう、蛇口から静かに水を出した。

透明なそれはまっすぐに落ちていき、ばらばらと小さな音を立てる。降り始めの雨のようにも、だれかが泣いているようにも見えた。水が当たっているのはちょうど、志穂子の部屋の同じ場所に空き瓶を置いたあたりだった。

わたしがあそこで栄養ドリンクを飲んだことは、彼女しか知らない。

流れ落ちる細い線を眺めながら、自分のためだけに微笑んだ。大丈夫、きっともうすぐふさわしい答えを思いつくだろう。

解説　わたしたちの光

寺地はるな

『緑の花と赤い芝生』。印象的なタイトルだ。緑の芝生でもなく、赤い花でもない。はじめて目にした時ふしぎに思ったことをよく覚えている。

わたしは伊藤朱里さんと同じ年に単行本デビューを果たした作家で、彼女の友人でもある。友人である前にいちファンでもあるので、刊行された作品はもちろん小説誌に掲載された短編なども可能なかぎり手に入れて読んできた。今作も単行本を読んですぐ興奮気味に「おもしろかったですよ!」などと書き送ったような気がする。ちなみにその時「どうしてこのタイトルにしたんですか?」と訊《たず》ねることもできたが、訊《き》かなかった。

小説とはタイトルを含めて「問い」だと思っているので、作者本人に答えを教えてもらうのはズルボである。「ズルボ」とはズルいし野暮、という意味の単語で、たった今わたしが考えた。

赤と緑は「補色」だ。補色とは色相環において反対側に位置する色のことで、本書には幾たびも赤と緑が印象的に示される。志穂子《しほこ》が手掛けた野菜ジュースのパッケージ。杏梨《あんり》が勤める眼鏡店の視力検査表。志穂子と杏梨というふたりの主人公も、赤と緑のごとく正反対のタイプの女性として描かれる。読み進めるうちにふたりには似た部分や共通点があることがわかってくるのだが、周囲の人々は最後まで彼女たちを「正反対のタイプ」としてしか見ない。

本文中に「男の人は女同士を喧嘩《けんか》させるのが好きらしい」（p.65）とある。この感覚はとてもよくわかる。あれはいったいどういうことなのだろう。異性の喧嘩を見ると性的に興奮するのだろうか。それとも女同士が仲良くなって団結すると男の入りこむ余地がなくなると怯《おび》えているのか。いやもしかしたら男の人だけでなく、人間は基本的に対立を好む生きものなのかもしれない。多くの物語は「善と悪」の対立構造をとっているし、テレビ番組や雑誌でも定期的に「あなたはどっち派？」という企画がある。

焼き鳥はタレ派、あるいは塩派。『きのこの山』と『たけのこの里』ならどっち派。タレ（きのこ）か塩（たけのこ）かなんてどっちでもいい、それぞれ好きなものを食べたら？　などと言うと場が白ける。「おれはどっち派だ」「わたしはこっち派だ」と言い合うと盛り上がるのだ。同じ派どうしで仲間意識も生まれるし、自分がいる側が多数派ならなんとなく優位に立った気にもなれるだろう。

『緑の花と赤い芝生』の多くの読者もわたしは志穂子寄りだとかぼくは杏梨のほうが好きだとか、どちらかに自分と近かったり好ましかったりする部分を見つけながら物語を追ったのではないだろうか。

こっちとあっち。明確に分類できるのは気持ちがいい。整理整頓の行き届いた部屋のようにすがすがしい。しかし人生の多くの物事は「こっちを選んだからこうなった」とか、「こっちを選ぶとこれが手に入る」とかいうように明快にシンプルに展開していかない。選択と結果がイコールにならない。だから他人に「あなたはもう『そっち』なんだからね、『こっち』には来ないでね」と線を引かれるとモヤモヤするし、眠れぬ夜に「あの時『こっち』を選んだけど、正解だったのかな」と不安にさいなまれる。

すこしだけ、わたし自身の話をしたい。わたしは結婚と出産をしたのちに小説を書きはじめた。デビュー当時に四歳の子どもがおり、会社勤めもしていると話すと、多くの人が「家事（あるいは仕事）をおろそかにしないようにね」とか「ご主人は理解がある人なんですね」とか「子どもがかわいそう」とか、信じられないようなことを真顔で言った。

母であることや妻であることと小説を書く仕事を完璧に両立するのは難しい、今後どちらを優先するつもりなのか、という趣旨のことを脅しや説教ではなく親身なアドバイスという態《てい》でほんとうに何度も何度もよく知らない人から言われ、そのたびにわたしは「あれ、もしかして今って明治時代なのかな?」と思っていた（二〇一五年の話です）。そもそも「完璧に」とはなんだ、その基準は誰が決めるのかという話だった。

わたしだけではなく、このようにして多くの女性が日々、選択を迫られ続けていることと思う。進学、就職、結婚、出産、介護。そしてそれらにまつわるありとあらゆることについて。なにを選んでもうまくいかない時はかならずある。逃げ出したくなる時も。でも女性たちは「自分で選んだんだから」と愚痴を飲みこむ。志穂子も杏梨も、そして彼女たちの友人や母親も、それぞれが選んだ人生を投げ出すことなく懸命に生きている。

けれども彼女たちは、そしてわたしたちは、ほんとうに「自分の人生を自分で選んだ」と言えるのだろうか。どちらかを選ばされたことが、あるいは選ばざるを得なかったことが、一度でもなかったと言えるだろうか。だいいちわたしたちには、ほんとうの意味で自由に選ぶことができるほどのたくさんの選択肢があったのだろうか。

「そもそも『自分で選ぶ』などというのが傲慢ですよ。自己責任論に帰着しかねない危険な発想でもあります。眼前の事物におのずと動かされた結果だけが、現在です」(p.251)

恩師から志穂子へと放たれたこの言葉はきびしくて、かぎりなくやさしい。この箇所でわたしは「そうそう! そうなのよ!」とバシバシ膝を打った。

悩んでいる人、疲れている人に「でも、それってあなたが自分で選んだ道だよね。だからしょうがないんじゃない? 自己責任だよ」と言い放つのは、はっきり言って暴力だ。

自分で自分の人生を選んだつもりがじつはそうではなく、いつのまにか「こっち側」と「あっち側」に隔てられて、知らぬ間に誰かと「対立」させられる羽目におちいっている。わたしたちは、そんな構造の前に立ちすくむことしかできないのだろうか。

そんなことはないはずだ。『緑の花と赤い芝生』をはじめて手にとったのは二〇一八年のことで、読みながらたくさんのふせんをはった。今回解説を書くにあたって読み返し、またたくさんのふせんをはった。ふせんをはった箇所は、一度目と二度目とではすこし違っていた。

わたし自身が変わったのかもしれないし、ここ数年で女性をとりまく社会環境が変化したことも関係しているのかもしれない。現在のわたしはもし「家庭か小説か選べ」的なことを誰かに言われたとしても「うるせえ黙れ」と言い返せる。いや、言い返さねばならないと思う。もういい加減、うんざりしているから。雑なカテゴリ分けに甘んじるのも、勝手に誰かと対立させられるのも。

社会環境が変化していると書いたが、もちろん呆《あき》れるほど昔と変わらない部分も多く残っている。それでも、わたしたちは確実に変化の途上にある。その変化をすこしでも良いものにしたい。

絵の具の赤と緑は、混ぜ合わせると黒に近い、暗い色になる。けれども光は逆だ。

赤い光と緑の光が合わさると黄色く、より明るくなる。

この黄色という色が登場するふたつの場面がある。ひとつは杏梨が志穂子のために眼鏡を選ぶ場面。フレームの色は黄色で、志穂子の顔にしっくりと馴染《なじ》む。それから、志穂子が学生時代に研究していた品種の果物を杏梨が口にする場面だ。


「みかんというには苦く、グレープフルーツにしては酸味が弱く、レモンというにはうすら甘い」(p.225)

果物を口にした杏梨は「でも、どれでもない新しい果物だとしたら、そんなに悪くない気がしなくもなかった」と感じる。わたしはこの場面で、ああこれだ、と視界がクリアになった気がした。

「あなたはどっち」「どっちか選んで」と言われても、いずれも自分にはしっくり馴染まない、ということはままある。既存のなにかにむりやり自分をあてはめようとすると、違和感ばかりが募っていく。わたしたちはみかんでもグレープフルーツでもレモンでもない新しい「なにか」であってもいい。芝生が緑であるとはかぎらない。花は何色でも美しい。

もちろん「わたしはグレープフルーツです」「レモンになるのが目標です」「わたしはみかんじゃないけど、みかんに擬態して生きていきたい」という人もいるだろう。誰もが自分らしく生きていきたいとか、新しい道を切り開きたいとか考えているわけではない。既存のカテゴリに属したい人もいる。もちろんそれでいい。そもそも人の生きかたにいいとか悪いとか口を出す必要はない。

「たとえこの瞬間だけでも、わたしはわたしだけのものだ、と確信できた」(p.258)

「流れ落ちる細い線を眺めながら、自分のためだけに微笑んだ」(p.272)

物語のおわり、赤であり緑であり同時に赤でも緑でもない彼女たちは、光を得る。すべてを明るく照らすことはきっとできそうにない、ちいさな光だ。けれども自分の手で灯《とも》した光は簡単には消えることはない。誰かに差し向けられたライトの光はどれほど強力だったとしても、その人がそっぽを向いたらもうおしまいで、真っ暗になってしまう。そんなものは、はなからあてにしないほうがいい。

今、読み終えた人の胸にも、ちいさくたしかな光が灯っていることだろう。どうかこの本が広く読まれ、受け継がれ、光が無数に連なっていきますようにと強く願う。

（てらち・はるな／作家）

本書のプロフィール

本書は二〇一八年九月に単行本として中央公論新社より刊行された同名の作品を文庫化したものです。

この作品はフィクションです。実在する人物、団体等とは一切関係ありません。

JASRAC 2302169-301

ラインマーカーズ
The Best of Homura Hiroshi

穂村 弘

日本の短歌シーンを一変させただけではなく、後続する世代の小説・演劇・詩・俳句・川柳・歌詞などに決定的な影響を与えた穂村ワールド全開の「ラインマーカーまみれの聖書」を、今すぐポケットに入れて、旅に出よう。

小学館文庫

緑《みどり》の花《はな》と赤《あか》い芝生《しば》生《ふ》

著者　伊《い》藤《とう》朱《あか》里《り》

二〇二三年七月十一日　初版第一刷発行

発行人　石川和男

発行所　株式会社　小学館

〒一〇一-八〇〇一
東京都千代田区一ツ橋二-三-一
電話　編集〇三-三二三〇-五六一七
販売〇三-五二八一-三五五五

印刷所――凸版印刷株式会社

この文庫の詳しい内容はインターネットで24時間ご覧になれます。
小学館公式ホームページ　https://www.shogakukan.co.jp

ISBN978-4-09-407270-9